El manuscrito
de Miramar

Olga Nolla

El manuscrito de Miramar

EL MANUSCRITO DE MIRAMAR
© 1998, Olga Nolla

De esta edición:
© D. R. 1998, Aguilar, Altea, Taurus, Alfaguara, S.A. de C.V.
Av. Universidad 767, Col. del Valle
México, 03100, D.F. Teléfono 688 8966

• Distribuidora y Editora Aguilar, Altea,Taurus, Alfaguara, S.A.
Calle 80 1023. Bogotá, Colombia.
• Santillana S.A.
Torrelaguna, 60-28043. Madrid
• Santillana S.A., Avda San Felipe 731. Lima.
• Editorial Santillana S.A.
Av. Rómulo Gallegos, Edif. Zulia 1er. piso
Boleita Nte. Caracas 1071. Venezuela.
• Editorial Santillana Inc.
P.O. Box 5462 Hato Rey, Puerto Rico, 00919.
• Santillana Publishing Company Inc.
2043 N. W. 86 th Avenue Miami, Fl., 33172 USA.
• Ediciones Santillana S.A.(ROU)
Javier de Viana 2350, Montevideo 11200, Uruguay.
• Aguilar, Altea, Taurus, Alfaguara, S.A.
Beazley 3860, 1437. Buenos Aires.
• Aguilar Chilena de Ediciones Ltda.
Pedro de Valdivia 942. Santiago.
• Santillana de Costa Rica, S.A.
Apdo. Postal 878-1150, San José 1671-2050 Costa Rica.

Primera edición en Alfaguara: julio de 1998
Primera reimpresión: febrero de 1999

ISBN: 968-19-0455-9

Diseño:
Proyecto de Enric Satué

© Foto de cubierta: Josefina Rodríguez Marxuach

© Diseño de cubierta: Enrique Hernández López

Impreso en México

a todas las mujeres que guardan un secreto

1

En el año 2025, la casa de los Gómez-Sabater en el área de Miramar en Santurce, y que había permanecido abandonada por más de una década, fue demolida para construir en el solar un edificio de oficinas. Durante el segundo día de trabajos, los obreros se sorprendieron al encontrar un cofre antiguo milagrosamente intacto entre los escombros del dormitorio principal de la mansión, y como habían recibido instrucciones de recoger objetos de valor histórico si aparecían, un joven de Barrio Obrero lo cargó entre sus musculosos brazos y lo llevó a la oficina del ingeniero. Éste, que no supo qué hacer con el hallazgo, llamó al Instituto de Cultura del gobierno, donde después de meses de investigaciones y aplazamientos, averiguaron el paradero de la hija de los señores Gómez-Sabater, quien a pesar de vivir en Stamford, Connecticut, mostró interés en ver el cofre. María Isabel Gómez-Sabater estaba casada hacía ya muchos años con un industrial norteamericano y eran pocos los contactos que aún mantenía con la isla, pero llamó a su hermano Antonio, quien residía en California, y entre ambos decidieron viajar a Puerto Rico a recoger la inesperada herencia. Probablemente soñaron con joyas de incalculable valor, y cabe la posibilidad de que sospecharan algún plano secreto. La madre al morir nada les había dicho, se repetían uno al otro durante el vuelo a la isla, azuzados por una creciente perplejidad.

—Tal vez es un dinero que Papi guardó —dijo Antonio.

—¿Izquierdas?

—Para no declararlo y no tener que pagar impuestos... Tú sabes cómo era Papi.

—Quizás era algo que perteneció al bisabuelo catalán. Sabes que fue él quien construyó la casa...

—¿Será el traje de novia de la abuela?

—No. Es un puñado de tierra catalana. Ya verás.

Bromeaban, pero cuando se vieron frente a frente con el cofre, enmudecieron. María Isabel no pudo impedir un suspiro y palideció.

—Recuerdo ese cofre. Estaba en la sala de nuestra casa —dijo susurrando.

Antonio también lo recordaba:

—Sobre una mesa, debajo del retrato del bisabuelo ponceño que pintó don Miguel Pou.

Un suave brillo parecía emanar del cofre y hasta el funcionario del Instituto de Cultura a cargo de la entrega, ajeno a las leyendas familiares, se sintió seducido. El cofre medía unas veinticinco pulgadas de ancho, doce de alto y trece de profundidad, y sus maderas estaban laboriosamente trabajadas por artesanos moriscos para representar estrellas rojas sobre un fondo verde oscuro. La cerradura de bronce lucía una cabeza de león y estaba cerrada con llave.

—Deseamos hacer entrega de este cofre, que según nuestros expertos fue hecho en Andalucía en el siglo xv, a sus legítimos dueños —dijo el funcionario engolando la voz para asumir un tono oficial—. Sírvanse de firmar este documento, por favor. Claro que, si desean donarlo al Museo de Bellas Artes, nos sería muy grato —añadió apresuradamente.

María Isabel y Antonio no tuvieron que discutirlo.

—¡No! —dijeron al unísono sin tan siquiera mirarse, y luego de firmar los papeles tomaron un taxi al aeropuerto llevándose el cofre como equipaje.

Esa noche, en la tranquilidad del hogar de María Isabel y su marido Bob Williams en Stamford, Connecticut, los hermanos desempacaron el cofre, que no pesaba demasiado, y lo colocaron sobre una mesa en el medio de la sala.

Bob rompió el silencio de los hermanos, quienes enmudecidos contemplaban el cofre:

—Y bueno, ¿qué tiene dentro?

No sabían, respondieron con gestos faciales.

—¿Y no piensan averiguarlo? A la verdad que los puertorriqueños son gente rara —comentó Bob riendo, y para amortiguar el efecto ofensivo que pudieran tener sus palabras, abrazó por detrás a su mujer y le dio un beso en la nuca.

—¿Qué les parece si abrimos una botella de champán para celebrar el acontecimiento?

El marido tenía muy buen carácter y buscaba aliviar la tensión reinante, pero María Isabel no pareció escucharlo.

—Podemos dejarlo así, sellado. Podemos ignorar para siempre su contenido, Antonio —dijo.

—Tal vez sería mejor... —respondió Antonio juntando las cejas en un gesto de preocupación.

—Aunque Mami quizá quiso que lo abriéramos.

—No sabemos.

—Recuerdo cuando el cofre desapareció de la sala. Sí, ahora lo recuerdo, fue en la época en que ampliaron el clóset del *master-bedroom*.

—¡Ya Mami tenía tanta ropa! Necesitaba más espacio para sus zapatos y carteras.

—Tenía que acompañar a Papi a todas aquellas actividades del banco y las empresas.

—Lo metieron dentro de la pared que construyeron para hacer el clóset. ¡De seguro fue eso!

—Fue Mami.

—No, fue Papi. Debe ser dinero.

En aquel momento, los recuerdos se los habían tragado. Ni Bob ni la casa de Stamford existían. Bob se dio cuenta de que nada podía hacer y se disponía a retirarse al dormitorio cuando sonó el timbre de entrada. Eran los hijos de María Isabel, dos varones y una niña, y la última cargaba un bebé en brazos.

—¿Qué ha pasado? —dijo en inglés al entrar, dando besos a todos.

—Tío Antonio, qué lindo verte —añadió des-
bordante de alegría, pero al ver el cofre se le escapó
un ¡ah! que no pasó desapercibido a la madre.

—¿Enterrado y sellado en una pared de la casa
de Santurce? —se preguntó a sí mismo, revisando la
información de que disponía, el mayor de los varones.

María Isabel asintió y los hijos vinieron a sentarse en el piso junto a ella. Al cabo de unos minutos
de silencio total, Antonio exclamó:

—Ahora que recuerdo, había una llave antigua en el joyero de Mamá. La vi cuando nos dividimos
las joyas.

Un rayo de sol atravesó la espesa capa de nubes
que se había instalado en el cerebro de María Isabel.
Le era doloroso recordar a la madre, quien había
muerto de cáncer del hígado y entre terribles tormen-
tos debidos al sufrimiento físico.

—No lo recuerdo, Antonio —balbuceó aturdida.

—Inténtalo. Tú te quedaste con la llave.

—No logro recordar.

—¿Por qué no nos olvidamos de la supuesta
llave y rompemos la cerradura? —dijo Bob, asoman-
do el torso por la puerta de la cocina con un martillo,
un alicate y un destornillador en la mano.

—¡No!

María Isabel fue tajante y su voz estaba cargada de autoridad cuando dijo:

—¡Ayúdame a llevar el cofre a la biblioteca,
Antonio! Permanecerá allí hasta que decidamos qué
hacer.

Quedó instalado entonces sobre un escritorio
Luis XV que presidía el espacio de la biblioteca y ni
Bob ni los hijos insistieron en abrirlo por temor a
contrariarla, aunque morían por averiguar el contenido. Antonio regresó a California al día siguiente, y quedaron en que ella continuaría buscando la llave. Casi
no había dormido la noche anterior, rebuscando por
todos los rincones de sus roperos y guardarropas, y
hasta en el sótano había intentado encontrarla, pero
tuvo que desistir cuando la venció el cansancio y su

marido la amenazó con el divorcio o el manicomio, que escogiera, si no subía a dormir.

Varios meses más tarde, mientras mostraba a su nieto las fotos de familia que guardaba en un álbum, tuvo una repentina inspiración. La foto de su madre frente al muro de Berlín, allá para el 1965, llamó su atención.

—Ésta es tu bisabuela, Albert —le dijo al niño dándole un beso sobre sus rizos dorados.

—*My mother* —aclaró.

El niño tocó la foto con un dedito índice y, al ver el gesto, María Isabel inexplicablemente comenzó a llorar. Tuvo que cerrar el álbum para no mojar las fotos. Entonces recordó. Sí, claro, la llave. Estaba en una cartera de noche bordada en canutillos. ¿Por qué la había guardado allí? Devolvió el niño a la cuna que había instalado para él en el dormitorio de los abuelos y abrió la escalera que tenía en el clóset. Efectivamente, en la tercera tablilla estaban las carteras de noche y entre ellas la pequeña bolsa bordada en canutillos dorados. La había heredado de su madre y por eso guardó allí la llave; ahora se acordaba perfectamente. Harían ya más de quince años que no la usaba. Los últimos días de la enfermedad de su madre estuvieron muy unidas. Hizo testamento a favor de sus dos hijos por partes iguales, pero a ella, su hija del alma, le había dejado todas sus joyas, libros, ropas, zapatos y papeles. María Isabel había accedido por no contrariarla, mas luego de su muerte dividió las joyas con el hermano. No deseaba abonar un rencor fraternal innecesario.

Ahora tampoco quería el rencor del hermano, pero al encontrar la llave no lo llamó por teléfono a California. Era domingo y Bob Williams estaba jugando golf. La hija y el esposo, los padres del bebé, habían ido a los museos de Nueva York y los otros hijos, los varones, andaban de viaje por Buenos Aires y Tierra del Fuego. El nieto dormía plácidamente. Sola en aquella casa espaciosa, rodeada de un amplio jardín con grandes árboles que en primavera se llenaban de flores blancas y rosadas, María Isabel tuvo miedo. ¿Por qué su madre nunca le habló del cofre? Tal vez nunca quiso que se enteraran de su contenido, tal vez era mejor no saber. Pero si le dejó la llave por algo sería. Sintió que la casa se le iba a desplomar encima cuando entró a la biblioteca con la llave en la mano. Al introducirla en la cerradura le temblaban las rodillas.

Giró suavemente. Levantó la cabeza de león y alzó la tapa. No, no eran joyas, comprobó aliviada. Tampoco eran los planos de un tesoro enterrado. Eran unos papeles amarillentos, bastante cantidad de ellos, escritos a mano con pluma fuente y tinta azul. Estaban numerados. Algunos estaban manchados de moho; pero eran perfectamente legibles. María Isabel leyó: "He decidido contar esta historia" y supo de inmediato que era la voz de su madre. Le parecía escucharla cuando le narraba cuentos de *Las mil y una noches*, sentadas ambas en las escaleras que subían al segundo piso de la casa de Miramar. A través de la ventana abierta, un gigantesco laurel de la India proveía sombra al lado este de la casa, de modo que las mañanas eran frescas y alegres. Su madre le contaba de Scheherezada y sus historias de alfombras voladoras y hombres transformados en asnos.

—Acuérdate que el mundo es de los que se atreven —le repetía abrazándola—. Mira a Scheherezada, se atrevió a casarse con el sultán aunque él mandara a matar a todas sus esposas el día después de la boda. Confió en poder seducirlo con su habilidad para contar cuentos. María Isabel suspiró al recordar la voz de su madre y leyó de nuevo:

He decidido contar esta historia aunque nunca la lea persona alguna. La escribo porque tengo que hacerlo para poder seguir viviendo; digamos que es una forma de desahogarme. No puedo contarla a nadie, pero al menos si la escribo me sentiré mejor. El papel en blanco será mi mudo interlocutor. Por años me he repetido: no me voy a atrever, no me voy a atrever. Había pensado que quizás lo haría cuando ya estu-

viera muy vieja y ya nada me importara; los viejos son la gente más libre que hay. Vuelven a ser como los niños, sus ocurrencias caen en gracia, a nadie se le ocurre castigarlos por insultar a alguien o por hablar sucio. No me voy a atrever, me había estado repitiendo, entonces, durante años. Pero hoy me asomé a la ventana del apartamento de mi tía Violante, en el Condado, y vi el mar. Como es febrero, estaba agitado por grandes olas que se curvaban para estallar en racimos de espuma. Audaces e incansables, las olas se montaban unas sobre otras en su prisa por llegar a la orilla. Así son los años, reflexioné, se trepan unos sobre otros en su enloquecida carrera por llegar primero al borde del abismo y el día menos pensado te miras al espejo y ves aparecer las arrugas debajo de los ojos, las mejillas se vuelven flácidas y empiezas a parecerte a los perros de mejillas colgantes, a los pit-bulls *matones y a los* bull-dogs. *Entonces debí ir y mirarme al espejo para indagar en él e investigar las huellas que los años asesinos han dejado sobre mi rostro. No lo hice. Preferí seguir mirando el mar y abrí un poco la ventana para sentir el aire húmedo cargado de sal. Así estuve un buen rato. A veces cerraba los ojos y el mar se aproximaba, me sentía envuelta en su rumor y con la lengua saboreaba la sal que se había adherido a mis labios. Sentía el mar dentro de mí, como si fuera allá adentro, alrededor de mi corazón y de mis vísceras que el agua golpeara, se recogiera y volviera a golpear.*

Sucedió que las olas removieron el sedimento acumulado en los sótanos del recuerdo. Exagero. Suena tan falso decirlo así, con un lenguaje arcaico y rebuscado. En verdad ignoro lo que pasó. No suelo pensar en aquellos años; creí haberlos olvidado. Jamás los menciono, ni a mis amigas, ni a mis dos hijos y ni siquiera a mi marido. Nadie conoce esta historia. Todo comenzó un caluroso día de agosto. Era el primer día de clases en la Universidad de Puerto Rico en Río Piedras y mientras subía las escaleras que me conducirían al pasillo de Humanidades, el corazón parecía querer salírseme del pecho y las rodillas me temblaban. Subí las escaleras, repito, que casi no podía tenerme en pie. Había estacionado mi Ford azul en los matorrales al otro lado de la avenida Ponce de León porque, en primer lugar, no me había dado la gana de sacar el permiso de estacionamiento que se requería a los estudiantes para que les fuera permitido entrar al recinto y, en segundo lugar, porque el matorral me quedaba más cerca. Además, guardaba otra razón poderosa: no me apetecía entrar por detrás, donde estaban los estacionamientos de los estudiantes. Era más lindo entrar por el portón peatonal de la avenida Ponce de León y caminar por el paseo de las palmeras. A menudo solía haber yaguas tiradas en medio del camino porque las palmas reales las desechan, y yo me acordaba de mi niñez en la finca de los abuelos maternos, donde mis hermanos, mis hermanas y yo nos deslizábamos en yaguas cuesta bajo por las colinas cubiertas de yerba. Solíamos fantasear que íbamos en trineo y que a nuestro alrededor nevaba copiosamente.

—¡Demasiadas películas! —decía el abuelo muerto de la risa—. Estos niños nunca serán buenos jíbaros.

Digo que me gustaba tropezar con las yaguas en el camino justamente enfrente de la torre de la universidad porque así me acordaba de los abuelos. Pero el camino también me gustaba porque la torre al final era tan hermosa que se me quedaba el día entero impresa entre ceja y ceja y a cada rato me regresaba a la pantalla del cerebro. La recuperaba colorrosa, no sé cómo porque ya en aquellos años era igual que ahora, de paredes color amarillo quemado. El reloj allá arriba dando la hora con agujas y campanadas era lo que más me impresionaba. Yo no crecí en un pueblo donde la iglesia tuviera torre, pero me imagino que los que se criaron en los pueblos de Europa que poseen catedrales góticas y campanarios deben haber sentido algo parecido.

Aquel día de principios de agosto era imposible prever las consecuencias de mi decisión de regresar a la universidad, pero algo debió intuir mi cuerpo porque recuerdo pocas ocasiones en que haya experimentado tanta agitación emocional. Ya dije que al subir las escaleras del edificio de Humanidades el corazón se me quería salir del pecho. Me había matriculado en cuatro cursos el primer semestre: literatura española, biología, química e Historia de Puerto Rico, y cuando entré al salón de clases y el maestro leyó mi nombre en el registro, yo no podía creer que era a mí a quien llamaban. ¡Y por mi nombre de soltera! En casa los niños me decían mami y en las reuniones sociales con los amigos de mi marido yo era la señora Gómez. Mi libreta de cheques estaba a nombre de Sonia Gómez y también las tarjetas de crédito. Y de pronto, allí entre aquellas viejas paredes y entre hombres y mujeres más jóvenes que yo, me transformaba en Sonia Sabater de nuevo. Me sentí extraña; no me acostumbraba al principio; después recuerdo que una especie de alegría incontrolable me hormigueó en los pies y me subió por las piernas y el vientre hasta instalárseme en la boca del estómago. Aquel primer día de clases en la Universidad de Puerto Rico me atragantaba de palabras y gestos; todo lo que sucedía a mi alrededor era como un gran acontecimiento.

En la clase de literatura española me pareció sentir que el tiempo se deslizaba por dentro de mis venas y mis vísceras con una lentitud de épocas remotas. El profesor habló largo rato sobre los orígenes de la lengua y no me perdí ni un suspiro de lo que decía aquel señor, un viejito muy serio que dibujaba mapas de España en la pizarra para explicarnos el habla de las regiones. Tenía un bigote blanco que lo hacía lucir elegante y señalaba las áreas del mapa con un puntero que me recordaba a las batutas que utilizan los directores de orquesta. Era alto y delgado, algo encorvado por los años. Los anuncios de whisky escocés le habrían pagado miles de dólares para que se dejara fotografiar con un vaso en la mano, pero estoy segura que los habría rechazado con desprecio porque odiaba los comerciales, la televisión y todo lo que él identificaba con el mundo moderno. Era una de esas personas para quienes el pasado siempre era preferible, y cuando llegó el día en que nos leyó las coplas de Jorge Manrique, supe que las leía como si él mismo las hubiera escrito. Cuando dijo: "cualquier tiempo pasado fue mejor", no había distancia entre el autor del siglo xv y él. Le decíamos don Pedro y él nos trataba con mucho respeto; usted señorita, me decía, o: "Dígame, señor García", le preguntaba a un muchacho que se sentaba al lado mío, "¿qué significa esta metáfora?" Don Pedro me recordaba a mi abuelo y también a mi padre, para quienes nuestro mundo de máquinas veloces era un disparate; me sentía cómoda en la clase de don Pedro porque entendía su mentalidad. Aunque claro, no estaba en lo absoluto de acuerdo con él. Yo amaba el mundo tal cual era y aplaudía una sociedad donde, ¡al fin!, las mujeres pudieran estudiar y hacerse profesionales. Por eso había regresado a la universidad, para hacerme doctora y curar a la gente enferma; siempre, desde muy chiquitita, le robaba las camisas blancas a Papá para vestirme de doctora y curar a las muñecas. De eso me acordaba después en los interminables laboratorios de biología y química. Uno nace con un destino, quería decirle a mi padre, pero Papá estaba siempre tan ocupado, pensaba que se me había hecho tarde para estudiar medicina; fue lo que quiso para mí y yo tan terca insistí en casarme a los diecinueve años.

Después de la clase de literatura española vino la de biología. Era una profesora excelente y se pasó la clase hablando de la interdependencia entre las plantas y los animales. Al final de la clase dibujó una célula en la pizarra y dijo que el organismo más pequeño consistía únicamente de una miserable y maravillosa célula. Entonces descompuso la célula en moléculas y las moléculas en átomos y los átomos en protones, neutrones y electrones para mostrarnos cómo estaba montado el mundo. Se llamaba Eva Marrero y *su clase fue mi preferida desde el primer momento. Me gustaba menos la de química. La maestra no era tan buena y en los laboratorios la peste de los ácidos que mezclábamos en los tubos de ensayo era insoportable.*

María Isabel escuchó el llanto del niño y retiró los ojos del manuscrito. Comenzaba a regresar los papeles al cofre cuando sintió que se abría la puerta de entrada de la casa. Entonces se apresuró a girar la llave dentro de la boca del león de bronce y la guardó en un bolsillo de su chaqueta. Fingía estar buscando un libro cuando Bob apareció en el umbral de la biblioteca.

—Hola dulzura —dijo en inglés.

—Me parece que nuestro nieto te llama —añadió.

—Sí, ya voy —dijo María Isabel, devolviendo el libro al tablillero.

Cuando pasó junto a Bob no olvidó darle un beso en la boca. Él le acarició las nalgas y ella sonrió, pero no le guiñó un ojo como solía hacer.

2

Aquella primera noche después de comenzar a leer el manuscrito, María Isabel durmió mal. A su lado Bob roncaba, felizmente extenuado por su día de golf. La hija y el marido habían recogido al bebé a eso de las nueve de la noche. Hablaban y no paraban de hablar de las maravillas que disfrutaron en el Museo Metropolitano de Nueva York. Temió parecer indiferente al entusiasmo de su hija y quiso comentar algún cuadro que recordara, pero sólo veía, en el archivo de su memoria, el rostro ovalado de la madre, su perfil de diosa griega, sus ojos negros cuajados de luces. Aunque tristes, eso sí; recordaba una misteriosa tristeza en sus ojos oscuros como la noche más cerrada.

—Mamá, ¿te sucede algo? —dijo la hija, que algo notó.

—No mi amor —dijo María Isabel en español mientras le entregaba el bebé—, aquí tienes tu tesoro.

La hija lo recibió envolviéndolo bien con una frisa llena de conejitos azules y cubriéndolo de besos.

—Está bien sano, Mamá, ¿verdad? —dijo alzando los ojos y en un tono como de súplica.

—No pongas esa cara, nena, no seas changa, cualquiera diría que tiene alguna enfermedad. Sí, sí, yo sé que es el miedo que siempre tenemos las madres, pero te aseguro que está perfectamente sano y que es perfectamente normal.

—Bueno, Mamá, si tú lo dices, porque yo a los otros médicos no les creo una sola palabra. ¿Vas mañana a la oficina?

—Sí hija, tengo citas...

Y no exageraba. Mañana sería un día atareado, pensó al revisar mentalmente su agenda.

A la mañana siguiente, sin embargo, antes de salir para su oficina entró en la biblioteca y con los dedos de la mano derecha acarició los bordes de las estrellas moriscas talladas en la tapa y los costados del cofre. Luego de asegurarse de que llevaba la llave en el bolsillo de su chaqueta salió para la oficina, y varias veces durante el día, entre paciente y paciente, se aseguraba de que la llave del cofre permaneciera en su bolsillo. Esa tarde, al regresar a su casa, penetró de inmediato en la biblioteca e introdujo la llave en la boca del león. Casi sin proponérselo, leyó:

Pero me consolaba pensando en lo importante que era saber química para comprender los misterios de la vida. La primera célula de ADN, flotando en el caldo caliente que cubría el planeta, había adquirido la capacidad de reproducirse gracias a la energía radioactiva del universo y gracias a las células de ADN se formaron las plantas y con ellas la atmósfera de oxígeno y con ella la posibilidad de organismos que consumieran oxígeno. Los enlaces en las moléculas eran pesados de memorizar, pero me disciplinaba pensando lo importante que era entender esos procesos.

La cuarta clase, la de Historia de Puerto Rico, me encantó desde el primer día. Una señora bastante gorda y tetona nos contó de los taínos y sus areytos y después narró cómo llegaron los españoles y los mataron a todos. Me embelesaba escuchándola porque en la escuela de monjas en la que yo estudié décimo y undécimo grado sólo me habían enseñado un año de Historia de Europa y apenas un semestre de Historia de Puerto Rico; era una vergüenza. Me acuerdo del día en que iba subiendo por la calle Tapia, de regreso a la casa de Monteflores en que primero vivimos Felipe y yo, antes de mudarnos a la casa de mis padres en Miramar. Ya habían nacido María Isabel y Antonio e iban peleando en el asiento trasero, creo que por la muñeca de María Isabel. Antonio se la

quitaba y yo trataba de calmarlos mientras conducía, molesta con Antonio y pensando en los varones
y lo mucho que les gusta molestar a las nenas, todos
los niños de mis hermanos son iguales, los varones
fastidian a las nenas para divertirse. Pues en ese lío
iba metida mi cabeza cuando me fijé en el nombre
de la calle: calle Tapia, decía. Y de pronto me pregunté: ¿Y quién era Tapia? ¡Debe ser algún señor importante o la calle no llevaría su nombre! De repente
me sentí perdida. ¿Qué sabía yo de mi país? Era poco
lo que sabía de por qué estábamos aquí y hablábamos español. Siempre, desde muy niña, yo le preguntaba a mi madre el porqué de todo y ella me callaba
la boca diciéndome que esas cosas no se preguntaban. Se persignaba y se iba a rezar frente al altar que
tenía en su cuarto, sobre un mueble, con velas en-
cendidas y un florero lleno de azucenas. Entonces le
iba a preguntar a Papá y él se confundía. Él hubiera
querido contestarme, pero no sabía porque había sido
educado en Barcelona y casi no conocía Puerto Rico.
Su padre tenía negocios en San Juan, unos almacenes de comestibles que importaban bacalao gallego y
aceitunas andaluzas, vino del Rioja y piñones de Ali-
cante, chorizos de La Mancha y aceite de oliva de
toda España y hasta de Italia. Él no sabía, pero al
contrario que Mamá, no se molestaba cuando yo preguntaba. Él admiraba mi deseo de saberlo todo y por
eso no quería que me casara joven, quería que yo
estudiara medicina, sí señor, mi padre sabía lo que
tenía entre manos, él sí sabía. ¡Cómo no iba a saber
algo de la vida si era un comerciante! Los comerciantes tienen los pies bien puestos en la tierra, eso sí que
nunca lo dudé. Me contaba de la Historia de España,
que era la que él había estudiado, pero de Puerto
Rico era poco lo que podía contarme; tan sólo que su
padre había venido a la isla a trabajar con un tío y
se quedó y montó su propio negocio de importaciones. Pero eran españoles que vivían en Puerto Rico
como si todavía estuvieran en España. Digo mal, no
era exactamente así porque se pasaban todo el año

esperando el día en que llegara el verano para ir a
veranear dos o tres meses a Mallorca, o a La Coruña,
o a la Costa Brava: la bahía de Rosas, Cadaqués,
Lloret de mar. Lo único que sabían de Puerto Rico
era que ahora mandaban los americanos, pero mientras los dejaran hacerse ricos eso era lo de menos, no
les molestaba tener dólares que ir a gastar a España,
no señor. A espaldas de los americanos, y cuando se
reunían entre sí en clubes y casas privadas, hablaban mal de los gringos y cantaban loas a la madre
patria, especialmente durante la época del dictador
Francisco Franco, que era gallego. Creo que mientras
duró la Segunda Guerra Mundial los americanos los
tuvieron vigilados porque Franco era dizque aliado
de Hitler, pero no llegaron a meterlos en campos de
concentración ni nada de eso. Ya para esa época,
según me cuenta mi tía Violante, ser español en Puerto
Rico había cobrado un prestigio especial. Y fue así
porque en el siglo XIX los criollos, descendientes de
españoles y corsos y franceses y varias cosas más,
resentían a los españoles porque los criollos querían
ser libres y formar un Estado o nación, igual que
habían hecho los territorios de Latinoamérica. Pero
veinte años después de desembarcar el general Miles
por Guánica y luego de tener que estudiar todas las
asignaturas menos el español en inglés, los criollos
empezaron a mirar hacia España con nostalgia. Algo
así me contó la tía Violante. No todos los puertorriqueños, claro, pues los más estaban mejor bajo los
americanos que lo que nunca estuvieron bajo los españoles, pero algunos, las clases más educadas, esos sí
resentían el tener que hablar inglés y la mentalidad y
costumbres norteamericanas, de modo que ser español se volvió elegante en algunos círculos, especialmente los universitarios. Se volvió culto y refinado
defender a los españoles y defender la lengua mater-
na. Tía Violante me contó de los artistas españoles
que vinieron a la Universidad de Puerto Rico esca-
pando de la Guerra Civil entre Franco y los republi-
canos. También me enseñó el cuadro de ella que había

pintado un artista español refugiado en Puerto Rico,
Ellos, la familia de Papá, eran del partido de Franco,
pero como eso acá no importaba tanto, querían ayudar al pintor refugiado y le compraron un cuadro.
Creo y porque aunque fuera comunista era catalán;
y es que casi todos los catalanes eran comunistas.
Decían que los padres de Papá eran los únicos catalanes franquistas que había en el mundo.

Bueno, pues la cosa es que yo me matriculé
en el curso de Historia de Puerto Rico para finalmente poner en orden todo lo que sabía de mi país, que
no era tanto sino algunas anécdotas dispersas y a
menudo inconexas. El primer semestre, como dije, me
fue bien y me gustó. Fue en el segundo semestre que
comenzó el problema. Sucedió que cambiaron el
maestro. No, no fue exactamente eso, sino que don
Enrique se había ido un año de vacaciones a España. Aunque no era español, no señor. Don Enrique
era un jíbaro puertorriqueño de Morovis que había
logrado una educación universitaria gracias a las
becas de los gringos y era especialista en Historia de
Puerto Rico. En España se había metido en el Archivo
de Indias a investigar documentos para escribir un
libro y era la máxima autoridad en Historia de Puerto Rico que había en la universidad. El curso le pertenecía a él y la señora tetona sólo era una sustituta
mientras él rebuscaba los archivos sevillanos. Durante
todo el primer semestre nunca me enteré, pero es que era
demasiado atender a Felipe, mantener la casa limpia
y decente y las máquinas y abanicos funcionando,
tenerla apertrechada de comida, atender los niños,
supervisar la servidumbre, estudiar literatura española y biología y aprenderme la estructura molecular
de la materia con que estaba hecha el mundo. A veces me parecía caminar montada en una nube. Me
pasaba el día corriendo de un lado para otro. Sin
embargo, a pesar de lo complicada que era mi vida,
saqué buenas notas. Lo peor fue la B en química. No
tenía el hábito de memorizarme aquellas moléculas
larguísimas. Luego lo fui adquiriendo y el segundo

semestre saqué A. *Recuerdo que la maestra me miró asombrada cuando me devolvió el primer examen, porque no tenía ni un solo error. Y eso a pesar de que ya me estaba pasando lo que me estaba pasando.*

Fue don Enrique. Ya dije que el primer semestre había transcurrido agitado, pero más o menos sin mayores contratiempos. Yo atravesaba los sombreados pasillos del edificio de Ciencias Naturales y subía y bajaba las escaleras del edificio de Humanidades como si todavía fuera una adolescente. Era como recuperar la primera juventud. Me hacía sentir bien que los muchachos me miraran las piernas cuando pasaba. Yo usaba faldas cortas igual que las adolescentes, si total, sólo tenía veintiséis años. Había parido dos hijos y atendía a un marido, pero en el corazón aún era una niña, no puedo obviar ese hecho. Así me sentía. Hace años que desistí de tapar el cielo con la mano. Recuerdo que cuando recibí las tres A y la única B del primer semestre se las enseñé a Felipe bien orgullosa y él se echó a reír. Sin duda se alegraba por mí, pero a la vez se reía de mi entusiasmo adolescente. Él no había querido que yo volviera a estudiar, así me lo dijo, muy serio, cuando le comuniqué mi decisión.

—¿Y para qué quieres estudiar? Dedícate a tus hijos, que te necesitan.

—Puedo hacer las dos cosas, Felipe.

—Sí, claro, porque te pago dos sirvientas y un jardinero.

Dijo eso último con una amargura que no pudo, o no quiso, disimular.

—Y bueno —le dije desafiándolo— ¿quieres que me quede bruta? Eso no le conviene a tus hijos, y a ti tampoco.

Felipe se estaba afeitando mientras conversábamos. Yo hablaba con su rostro barbado de espuma blanca y reflejado en el espejo sobre el lavamanos. Al escuchar mis últimas palabras lavó la navaja y terminó de eliminar la barba de espuma. Volvió a lavar la navaja con sumo cuidado, lento, morosamente lento, y fue sólo entonces que me miró.

—Tú no puedes ni siquiera fingir que eres bruta, Sonia. Pero a veces sería conveniente que no me
restregaras en la cara tu inteligencia y tu gran superioridad.

Un frío glacial se me clavó en las articulaciones. Me di cuenta de algo que no pude entender, pero
comprendí que debía callar y sólo pude decir, con la
cabeza baja y como susurrando:

—No volveré a hablarte de mis estudios, Felipe, no te preocupes.

Él siguió preparándose para salir y me indicó
que me apurara. Debíamos ir al Banker's Club a una
recepción para uno de los Rockefeller que estaba de
visita en Puerto Rico, me recordó. Entonces para com-
placerlo me puse un traje de tafeta roja que había
comprado en Saks Fifth Avenue de Nueva York, porque a Felipe le gustaba, pero casi no me dirigió la
palabra durante el trayecto hasta el club. De regreso
a la casa, luego de los piropos que recibí de señoras
y señores en la fiesta e, incluso, una mirada de aprobación del mismísimo señor Rockefeller, con quien
estuve conversando durante un rato, Felipe me miró
de arriba a abajo y me dijo:

—Estás bella esta noche, Sonia.

Sonreí complacida y me aguanté las ganas de
contestarle lo que estaba pensando, y era que él estaba bien contento porque yo había causado buena
impresión. Especialmente en el gringo Rockefeller, sí,
claro, ahora no le molestaba mi inteligencia, si era
para impresionar a los gringos no le molestaba. Porque entonces él era el beneficiado, sí señor.

Pobre Felipe. En el fondo no me explicaba a
mí misma por qué a veces le tenía pena. Pero así era.
Y era algo más que no sabía poner en palabras. Por
eso cuando le informé de mis notas y se rió de mí no
le hice mucho caso. Pensé que se defendía de mí como
podía.

Desde que ingresé a la universidad, entonces,
llevaba dos vidas. En una era la gran señora de sociedad, esposa joven y elegante del acaudalado Felipe

Gómez, y en otra una estudiante alegre y despreocupada. ¿Qué era lo que yo verdaderamente sentía en aquellos años? Entraba a la universidad por la Avenida de las Palmas Reales, con la torre en el fondo, y me sentía libre por primera vez en mi vida. Había estudiado en el Colegio de Las Madres de Santurce desde primer grado hasta cuarto año de escuela superior y luego fui por dos años a una universidad de monjas en Washington, D. C. Claro que conocí muchachos de buenas familias, claro que fui a interminables fiestas. En ellas conocí a Felipe y me enamoré de su belleza, de su carácter fuerte y de su determinación de trabajo. Abandoné la universidad para casarme con él. Pero el hecho es que nunca había compartido con hombres en un salón de clases. En los colegios católicos tampoco había libertad de pensamiento, esa actitud crítica ante todo —el mundo animal y vegetal, la geografía, la cultura, la realidad política y económica— que ahora disfrutaba. No era lo mismo escuchar a Eva Marrero hablar de los organismos unicelulares que escuchar lo mismo de los labios de una monja que después de clase se iba a la iglesia a rezar y vivía para ganarse el cielo. Para la monja esta vida era un tránsito a otra vida mejor. Para Eva Marrero esta vida era lo fundamental, y esa célula que nos mostraba era lo único que importaba. Este mundo de células y átomos era el único que existía y la materia de la que estábamos hechos era la única realidad que podíamos conocer. No es que Eva Marrero hablara así. Era una mujer que respetaba las creencias religiosas de sus alumnos. Pero yo sabía que ella pensaba así. Se transparentaba en sus actitudes.

Pues en ésas estaba, llevando dos vidas y despertando al fin a las realidades de mi curiosidad científica, que no parecía tener bordes y me sentía infinita como sentía infinito el universo al asomarme a las noches cuajadas de estrellas, cuando se presentó don Enrique.

Era el comienzo del segundo semestre y yo ya estaba instalada en mi asiento con mi libreta nueva *sobre el pupitre y mi* ball-point *en la mano. Creo que ese primer día ocupaba un asiento en la tercera fila, porque recuerdo haber visto entrar a don Enrique Suárez Castillo a través de las cabezas de mis compañeros de clase. Era un hombre de mediana estatura, de unos cincuenta años, abundante pelo canoso y bigote canoso también. Usaba espejuelos de cristal grueso, chaqueta y pantalones color café con leche, camisa azul de manga larga y corbata color rojo vino. Sólo traía en la mano un registro con los nombres de los estudiantes matriculados en el curso. No cargaba libros ese día.*

Lo primero que hizo fue mirar por encima al grupo como quien repasa un rebaño de cabras. Éste sí que se siente superior, pensé para mis adentros, pero cuando llamó mi nombre, Sonia Sabater, creí no me iba a salir la voz para decir presente porque me clavó un par de ojos verdes en los míos y pensé que el mundo se detenía, que el globo dejaba de girar y que más nunca podría volver a respirar normalmente.

—Sonia Sabater —repitió suavemente y mirándome como si ya supiera, porque de seguro sabía, había adivinado, que ése era mi nombre, que ésa era la mujer que no podía hablar y sólo lograba alzar la mano izquierda a modo de respuesta.

Luego de reconocer mi gesto llamó dos o tres nombres más y al cerrar el registro volvió a mirarme. No supe si me miraba por curiosidad o por asombro, pero al comenzar su exposición sobre la historia de nuestra isla desde el siglo XVIII en adelante, o más bien su exposición sobre el enfoque que daría al curso, tuve la impresión de que me hablaba a mí, que iba a dar la clase para mí. Extrañamente, no me sentí halagada, sino asustada. Un terror de garras afiladas se me instaló en la boca del estómago.

Allí se quedaría por casi tres años e iría socavando mi vida hasta estar a punto de destruirla. Pero aquel primer día de clases con el doctor Enrique Suárez Castillo yo lo ignoraba. Algo me diría el cuer-

po, sin embargo, porque lo único que quería hacer era salir corriendo. Tan pronto don Enrique dio por terminado su discurso sobre la especificidad de las circunstancias históricas puertorriqueñas, me levanté del asiento como movida por un resorte y pidiendo excusas me deslicé entre los pupitres hasta alcanzar la puerta. Todo el tiempo, mientras me iba escurriendo entre mis compañeros de clase, sentía los ojos de don Enrique sobre mí. Juro que nunca nadie me había mirado de esa manera, o al menos yo nunca me había sentido así cuando me miraban.

María Isabel leyó de nuevo la última oración. Se sintió conmovida, pero también sintió que leía algo que no le correspondía leer. "Tal vez hay cosas que es mejor ignorar", pensó. De seguro estos secretos de su madre no estaban destinados a que ella los leyera. Estaba como violando un pacto, como traicionando algo innombrado. ¿Era legítimo que una hija supiera estas cosas de la madre? ¿No era preferible desconocer las interioridades de quien nos dio la vida? Bob Williams no vendría a cenar esa noche, de modo que podría leer sin interrupción por varias horas, pero no estaba segura de tener el valor de hacerlo. "Debes siempre ser valiente, como Scheherezada", le había repetido su madre innumerables veces. Pero no era lo mismo afrontar las vicisitudes de la vida que esto, que era como asistir a una fiesta a la que no te habían invitado. Su madre iba a ser víctima de lo que le había inculcado: el amor a la verdad. "Nunca temas saber la verdad", también le había dicho. Pero no era lo mismo llamar al diablo que verlo venir. A veces era muy duro afrontar la verdad. María Isabel pensó en su madre y en los días en que no querían decirle la verdad sobre el cáncer de hígado que la estaba matando. Ella necesitaba saber la verdad y los hijos y el marido se negaron a decírsela. Ella sabía que iba a morir y los familiares no querían saberlo. Ella lo aceptaba y ellos no. Le negaban la verdad con la mejor intención y porque no podían hacer otra cosa. Por respeto a su madre, María Isabel varias veces pensó decirle que tenía cáncer y no pudo. El padre se lo prohibió y María Isabel no logró rebelarse a tiempo para seguir los criterios de su propia conciencia. Cuando era niña la madre también le había dicho: "El que no es valiente no puede ser libre." ¿Cuándo le había dicho eso? No podía precisarlo. ¿Sería más o menos para los años que narraban los papeles del cofre? La curiosidad pudo más que la discreción y continuó leyendo:

Esa noche tuve que disimular mi agitación para que Felipe no se diera cuenta. Hablamos del viaje que haríamos a las Islas Vírgenes, unos días en un hotel junto a la playa para que Felipe se olvidara de sus clientes gruñones y de las tensiones que producen las deudas por pagar y las deudas por cobrar. Antes que Felipe regresara del trabajo insistí en bañar yo misma a María Isabel y le lavé el pelo con mi propio champú. Antonio se metió en el baño cuando estábamos en eso y empezó a gritar que él también quería que yo le lavara el pelo, así es que cuando terminé con María Isabel agarré a Antonio y ellos se reían porque yo les contaba historias de alfombras voladoras y les encantaba que yo les dedicara tanto tiempo. Cuando Felipe llegó del trabajo estábamos los tres acurrucados frente al televisor.

El cuerpo de mis hijos me devolvía a la realidad. Ellos eran lo concreto, la contundente verdad de la vida. Esa noche el cuerpo de Felipe me pareció más apetecible que nunca e hicimos el amor varias veces, pero a la mañana siguiente la primera imagen que mi mente produjo fueron los ojos de don Enrique clavados en los míos. Abrí los ojos para espantar aquella mirada y vi a Felipe que se disponía a salir de la habitación.

—Dame un beso —le dije suplicante, y él vino y me besó con mucho amor. Cuando me vestí para ir a la universidad todavía su beso me quemaba los labios.

María Isabel colocó ambas manos sobre el manuscrito y cerró los ojos. Recordó a sus padres sentados en la mesa del comedor de la casa de Monteflores. Unos ventanales abrían al jardín, donde había una piscina. Ésa había sido la casa favorita de su infancia. Antonio y ella se bañaban todos los días en la piscina mientras la niñera los velaba. No les estaba permitido bañarse en ella si ambos padres estaban ausentes de la casa; por eso lo hacían temprano en la mañana, como a las nueve, antes de que la madre saliera para la universidad, o por la tarde después de las tres, cuando la madre regresaba. A veces ella se tiraba con ellos; era mejor así porque nadaban hasta lo hondo y la madre ensayaba a tirarse de cabeza del trampolín. Antonio y María Isabel se tiraban de pie tapándose las narices, apretándose las aletas con los dedos de la mano derecha para que no se les metiera agua en la cabeza. María Isabel nunca había olvidado la manera como, al salir del agua, su madre la envolvía en una toalla grande y gruesa. Al rodearla, los brazos maternos transmitían un calor dulce tan profundo, que al recordarlo sentía como si unas manos la halaran hacia lo más hondo de un pozo almohadillado y suave.

3

Bob llegó antes de lo esperado, pero ya hacía rato que María Isabel había cerrado el cofre con llave. Los recuerdos la avasallaron de tal forma que tuvo que desconectar la voz de su madre ante las resonancias de su propia voz. Estaba sentada en la cama mirando el techo cuando Bob entró al dormitorio.

—Hola amor —dijo a modo de saludo—. Apuesto a que estás pensando en mí.

María Isabel, quien no había volteado la cabeza cuando él entró, tuvo que sonreír.

—Tú siempre con tus chistes.

—¡Es en serio! Si no estás pensando en mí, estás pensando en angelitos de alas doradas.

—¿Cómo adivinaste?

María Isabel abrió los brazos y Bob hundió el rostro en su pecho.

—Estar junto a ti es la alegría más grande que siente mi corazón —dijo mientras ella le acariciaba el pelo y el cuello, le besaba los párpados y las orejas y los labios, y fingía mecerlo en un sillón. Él comenzó a desvestirla quitándole los pantis de encaje color rosa y ella no protestó cuando, sin molestarse en despojarla del traje, la clavó como si fuera una flor que se atraviesa con un alfiler para asegurarla al panel de estudio de un laboratorio.

El placer que sintió María Isabel tuvo que ver con la imagen de la flor que se apoderó de su mente. Todo el tiempo en que Bob la penetraba pensó en la rosa blanca que el alfiler aseguraba a una superficie de cartón. Se movió para sentirlo adentro y tuvo que gritar de gusto. Se besaban en la boca cuando el orgasmo los inundó.

Esa noche, mientras llegaba el sueño, María Isabel recordó a Héctor, pero la respiración de Bob dormido junto a ella le deshilachó el recuerdo. Una bandada de garzas volaban sobre el valle de Lajas cuando la venció el sueño.

En días subsiguientes no pudo regresar al cofre. Tuvo emergencias en la oficina y acompañó a Bob a una cena de la Asociación de Industriales. La hija la visitó una tarde con el bebé para pedirle consejo porque el marido no quería comprar la casa que a ella le gustaba.

—¿Y cuál casa quiere él? —preguntó María Isabel, algo perpleja.

—Él quiere vivir en Manhattan, madre.

—Mi abuela habría dicho que siempre debemos complacer a los maridos, pero yo no te diré eso, corazón. Haz lo que te indique tu mejor criterio. Y convéncelo.

Se negaba a ser una suegra dominante y sabelotodo aunque la hija intentara empujarla a ese rol. Decididamente, no le quedaba como anillo al dedo.

Así las cosas, no fue hasta el viernes, día en el cual no iba a la oficina, cuando logró volver a abrir el cofre. Las palabras parecía que estuvieran esperándola.

Don Enrique era un excelente maestro. En el salón de clases, cuando hablaba, era tan radical el silencio de los oyentes que hasta un papel que cayera al piso podía escucharse; ejercía una fascinación absoluta sobre sus estudiantes. Recién había averiguado en el Archivo de Indias tantas cosas que permanecían inéditas, que considerábamos un privilegio poder escucharlo. La historia del corsario Miguel Enríquez, por ejemplo, nos cautivó. Yo cerraba los ojos y podía verlo impartiendo órdenes en sus almacenes en el puerto de San Juan. Me lo imaginé de niño, cuando su madre mulata era corteja de un eclesiástico español de mucho prestigio. El sacerdote se ocupó del hijo y lo hizo educar, pero nunca lo reconoció oficialmente como hijo suyo.

En este punto del relato mi curiosidad pudo más que el miedo que le tenía a don Enrique y alcé la mano. Con su aprobación, pregunté:

—¿Y eso no lo hizo sentirse inadecuado toda su vida?

Don Enrique reaccionó complacido.

—Fue un factor importante —comentó sonriendo para sí—. De hecho, lo más probable es que el gobernador tuviera eso muy en cuenta cuando le concedió la patente de corso y lo utilizó.

Y ante mi estupefacción y la de mis compañeros procedió a explicar:

—El desclasamiento del mulato Enríquez le convenía al Capitán General.

Hizo una pausa y añadió:

—¿No adivinan por qué?

Ninguno de nosotros osó proponer sugerencias. Don Enrique se sentó sobre el escritorio y se desabrochó el gabán antes de proseguir:

—Miguel Enríquez acumuló tanto dinero como consecuencia de los saqueos de barcos ingleses y franceses que llevaban a cabo sus capitanes, que llegó a ser el hombre más acaudalado de Puerto Rico. Acaudalado y, por consiguiente, poderoso. Al gobernador o Capitán General le convenía esa riqueza, de la cual se aprovechaba. Debió recibir un por ciento de las ganancias, pero no le convenía que Enríquez tuviera demasiado poder, pues eso lo convertía en un subalterno del corsario. Así fue que cuando lo consideró prudente le formuló cargos y lo hizo encarcelar.

—Si Enríquez hubiera sido prestigioso socialmente, de familia acomodada e influyente, ¿hubiera podido el Capitán General hacer eso sin temor a que llegara a oídos del rey? —pregunté sin poderme contener.

Los ojos de don Enrique brillaban como puntas de lanzas al responder:

—¡*Precisamente! No. No hubiera podido actuar con impunidad. Pero dije al principio que fue por su fragilidad social que a Enríquez le fue otorgada la patente de corso.*

Ese día quedamos convencidos de que la Historia es la mejor maestra de la vida y al terminar la clase varios estudiantes rodearon a don Enrique acosándolo con preguntas. Yo también quería hacer preguntas pero me las guardé por no molestarlo más y por no acercarme cuando todos querían hacer lo mismo. ¡Caramba!, yo tenía mi orgullo. Al cabo de varias clases igualmente espectaculares, sin embargo, decidí tragarme el orgullo y me acerqué a su escritorio. Tuve que esperar a que le explicara a otro compañero el ataque británico del 1797, de Harvey y Abercromby, cuando las tropas españolas y criollas defendieron tan valientemente a Puerto Rico, y no pude evitar escuchar lo que decía don Enrique:

—*Las tropas británicas ocuparon el poblado de San Mateo de Cangrejos. Abercromby ubicó su cuartel en la casa que el obispo Francisco de la Cuerda había mantenido como lugar de descanso. Instalaron una poderosa batería en Miraflores y comenzaron desde allí un bombardeo de las fortificaciones del puente de San Antonio. Los loiceños y los cangrejeros pelearon hasta con palos y piedras y entre ellos y las hábiles estrategias militares del gobernador Castro, los británicos tuvieron que ordenar la retirada.*

—*Yo vivo bien cerca de ahí, ¡yo conozco ese barrio!* —*exclamé asombrada.*

Don Enrique sonreía de oreja a oreja al preguntar:

—*¿Tú vives junto a San Mateo, Sonia?*

Negué con la cabeza y traté de precisar:

—*No exactamente, profesor. Vivo en Monteflores y es bien alto allí, ¿sabe?, se ve todo Santurce a un lado y todo Río Piedras al otro lado, pero si cojo la Eduardo Conde para llegar a San Mateo, a las Carmelitas, ¿sabe usted que ahí viven unas monjas enclaustradas? Pues mire, si cojo esa calle, que es bien larga, a la derecha se encuentra un barrio bien pero que bien viejo, porque tiene casas de madera trepadas en socos y patios con árboles de pana y matas de plátano y árboles de china y callecitas bien estrechas como callejones donde no entran los automóviles, y es como si de pronto uno estuviera en el campo o en un barrio pobre de los de antes, con gallinas y cerdos por todas partes y con verjas de alambres de púas y planchas de zinc.*

Mientras yo hablaba creo que gesticulaba porque estaba nerviosa, y don Enrique me miraba con una intensidad que sólo me ponía peor. Al fin me callé y el compañero que había estado hablando con don Enrique empezó a decir que él quería ir allí, que él era de Santurce y no conocía el barrio y todo el tiempo que él hablaba don Enrique me comía con los ojos y yo no sabía si echar a correr o quedarme tiesa como estaba, abrazando los libros y mi propio cuerpo para que no se notara cómo me temblaban las manos.

Tuvimos que dejar el salón porque comenzaba otra clase y el profesor ya había entrado y nos miraba entre molesto y divertido. Don Enrique salió al pasillo conmigo y con Filiberto, que así se llamaba el compañero santurcino, donde me excusé. Al bajar las escaleras que llevan a la plaza frente a la torre del reloj casi me caigo del agite que llevaba por dentro. Por suerte me fui derecho al edificio de Ciencias Naturales, me metí en el laboratorio de biología y estuve varias horas viendo laminillas bajo el microscopio. Me dio por comparar las células de los tejidos animales con las células de los tejidos vegetales y eso absorbió mi atención, pero en el carro, o mejor dicho, ya cuando salía por el paseo de las palmeras, el rostro de don Enrique se me instaló frente a los ojos y ya no logré hacer otra cosa que recordar cómo sonreía y cómo la dulzura de su sonrisa y el brillo de su inteligencia se confundían y entremezclaban en una sola imagen. Entonces pensé que quizás me había enamorado de don Enrique. ¡Las cosas que le pasan a una mujer de veintiséis años! ¡Y con un hombre que casi me doblaba la edad! ¡Y yo felizmente casada, que es lo peor! No podía creer lo que me estaba sucediendo. Sonia, eres una idiota; Sonia, ¿no te da vergüenza? Hablaba sola bajo la ducha y encerrada en el baño por decir en voz alta lo que sentía porque nadie, hasta el día de hoy, lo juro, ha sabido mi secreto y nadie lo sabrá porque aunque hoy lo escribo para poder volver a respirar, nadie leerá jamás lo que he escrito, ¡nadie!

María Isabel tuvo que alejarse de los papeles porque sin darse cuenta había comenzado a llorar. Grandes lagrimones rodaban por sus mejillas y manchaban los papeles mohosos al diluirse la tinta azul. ¿Por qué su madre no había destruido este texto? ¿Por qué le entregó la historia secreta de su vida íntima al azar, a la circunstancia, al accidente?

No podía explicarme lo que me sucedía con don Enrique porque, si bien es cierto que son comunes los enamoramientos de las estudiantes —¿no dicen que todas las estudiantes se enamoran de sus maestros?—, mi caso era distinto. Yo era casada y tenía dos hijos, me repetía. Mis propias advertencias me servían de poco, sin embargo.

Lo peor era la soledad. No podía comunicarle a nadie lo que me estaba pasando. No me atrevía a decírselo ni a mi hermana ni a mis amigas; ni siquiera a mi madre. ¿Qué les iba a decir? ¿Que cada vez que veía a mi maestro de Historia el corazón se me quería salir del pecho? Se me hubieran reído en la cara. Sí, claro que sí, yo era una chiquilla, me creía una nena todavía: eso iban a decir. Y luego, tan pronto diera la espalda iban a formar un chisme terrible que llegaría a oídos de Felipe magnificado más de mil veces y deformado y él me diría te lo dije, te lo dije, eso es lo que sacas por volver a estudiar. No, no podía comunicárselo a nadie. A don Enrique menos todavía. Por eso llegaba al salón y me acurrucaba en una esquina a escucharlo. Traté al principio de no participar en la clase para pasar desapercibida, pero

*los temas me excitaban porque sentía que explicaban
las circunstancias de mi propia realidad. Cuando don
Enrique comenzó a explicar la Cédula de Gracia de
1815, un bombillo pareció encenderse en el sótano
de mi memoria. Alcé la mano instintivamente, sin
darme cuenta de lo que hacía, para decir:*

*—¿El actual concepto de las 936 no es igual
al de la Cédula de Gracia?*

Don Enrique quedó pensativo.

*—Explícate, Sonia —sugirió, ensayando su en-
diablada sonrisa.*

*—Sé que son dos épocas distintas y que la eco-
nomía agrícola del siglo XIX no es la actual economía
industrial, pero la idea de otorgar beneficios de tie-
rras o de carácter contributivo para atraer capital
extranjero me parece, en esencia, la misma.*

*Intenté elaborar un poco más, pero me fui
embrollando y creo que al final ya no sabía lo que estaba diciendo. Otros estudiantes de la clase, entre ellos
Filiberto, comenzaron a opinar y don Enrique los escuchaba a todos con interés. Al rato se acarició la
barbilla y murmuró, como quien piensa en voz alta:*

*—A veces creemos que los movimientos históri-
cos significan grandes transformaciones y no es precisamente así. Claro que las transformaciones se llevan
a cabo, pero ciertos rasgos permanecen constantes y a
veces hay elementos que creemos asunto del pasado y
es que sólo se encuentran dormidos, como en estado
de hibernación, para utilizar un término que le gustaría aquí a Sonia, quien estudia ciencias naturales.*

*De esta manera dio por terminada la clase
dejándonos suspendidos en una interrogante y abandonó el salón. Cuando al cabo de unos minutos salí
al pasillo, lo encontré conversando con otros profesores. Hablaban animadamente y pensé escabullirme
sin que se fijaran en mí, pero no pudo ser. Don Enrique me seguía el rastro con el rabito de sus ojos
pícaros y al pasar junto a ellos me increpó:*

*—Eh, oiga Sonia, ¿puede venir a mi oficina
un momento, por favor?*

No pude sino asentir mientras él se despedía y lo seguí hasta las oficinas, unos cubículos frente al pasillo del segundo piso, ubicados apretadamente unos junto a otros, con subdivisiones internas de madera prensada, sin ventanas y mal iluminados. Por suerte disfrutaban de aire acondicionado central, lo que los salones no tenían. La oficina de don Enrique quedaba al final de un estrecho pasadizo y él ni siquiera comprobó que yo lo seguía al sacar su llave para abrir la puerta. Adentro había dos escritorios y cuatro sillas, un librero con algunos libros y dos carteles, uno colgado en la pared que quedaba justo enfrente al entrar y el otro en la pared opuesta. Una vez que hube tomado asiento junto al escritorio donde don Enrique había colocado sus libros, él cerró la puerta, se sentó en la silla frente a su escritorio y me miró.

Las palabras son pobres instrumentos para describir lo que sentí en aquel momento. Era como si todo mi cuerpo se hubiera convertido en un cable de alta tensión y fuertes corrientes eléctricas lo atravesaran. No podía hablar, ni pensar, ni defenderme. Don Enrique se percató de mi estado emocional e intentó tranquilizarme con una sonrisa, pero como yo no pude sonreír y no lograba sobreponerme al azoro, don Enrique se puso de pie, cerró la puerta, le puso el seguro, se paró frente a mí y tomándome por los hombros me alzó hasta su altura y me besó en la boca. Sentí unas ganas tan brutales que no me pude contener y le devolví el beso, pegándole mi cuerpo y acariciándole el cuello porque no podía hacer otra cosa que abandonarme a aquella fuerza que me nacía en el bajo vientre. Don Enrique comenzaba a palparme los senos cuando pude reaccionar.

—No, por favor, no —dije con un gemido y lo aparté, haciendo un esfuerzo por arreglarme la blusa, la minifalda y el pelo revuelto que me caía sobre la cara.

—Me vuelves loco, Sonia —dijo él como excusándose. Estaba como ofuscado y sus ojos verdes tenían un brillo que yo nunca había visto en los ojos de un hombre ni de persona alguna.

No respondí. Simplemente le informé fríamente que debía irme, que tuviera la gentileza de dejarme salir. No protestó. Se arregló un poco la guayabera, porque ese día no llevaba chaqueta y corbata, y me abrió la puerta.

Salí como alma que huye del diablo y en vez de meterme en los laboratorios me fui a caminar por el campus. Atravesé la plaza frente al teatro y me metí en la librería, donde después de husmear por los estantes de libros compré dos novelas. Estuve leyendo un rato sentada debajo de un árbol, tratando de interesarme en los personajes y al cabo me di por vencida y me levanté, caminé hasta el edificio de Estudios Generales, subí y bajé la rampa varias veces. Cada vez que subía era como si de nuevo don Enrique me alzara con sus fuertes manos agarrando mis brazos y cada vez que bajaba regresaba el recuerdo de aquel espasmo que nacía en mi bajo vientre. La clase de química era a la una de la tarde y me senté en la última fila. La profesora debió extrañarse, porque siempre me sentaba en la primera o en la segunda fila, atenta a cada cosa que dijera, a cada relación que explicara, pero no me hizo ninguna observación. Supongo que los años de experiencia en el salón de clases llevan a los profesores a comprender que los estudiantes no siempre se sienten dispuestos a aprender, que pueden tener problemas personales y algunos días no logran prestar atención. Era una mujer estupenda aquella profesora, la doctora Álvarez, si recuerdo bien. Ya para finales de la hora moría por ver a mis hijos y salí corriendo cuando sonó el timbre.

Estaban esperándome en el patio con sus trajes de baño ya puestos y pensé que querrían bañarse en la piscina, pero no.

—Mami, vamos a la playa —gritó Antonio.

—Mamita, plis, vamos, ah, plis —suplicó María Isabel.

Tenían unos salvavidas de plástico rojo colgados al cuello como si fueran collares y en los bracitos cargaban un dinosaurio y una jirafa inflables.

Al bajarme del carro los abracé y me dolió el corazón. Sin dudar un instante fui a cambiarme para llevarlos a la playa del Caribe Hilton.

María Isabel cerró los ojos y vio a su madre bajarse del carro. Sintió su abrazo y sus besos como si el recuerdo pudiera devolverle la realidad insustituible de aquel cuerpo. Vio a su madre ponerse el bikini amarillo que a ella le gustaba.

—Yo quiero uno igual, Mami.

Así le decía cada vez que la madre lo sacaba de la gaveta. Una tarde en que su madre había salido de compras a Plaza Las Américas se había escabullido hasta el dormitorio de sus padres y se había probado el bikini amarillo ajustándolo con alfileres e imperdibles a su cuerpecito un poco gordo. Estuvo como una hora jugando con él, mirándose al espejo y montándose en los tacos plateados de su mamá hasta que la niñera la encontró y la hizo guardar todo en su sitio. Se llamaba Toñita. ¿Qué se habría hecho Toñita? ¡Tantas niñeras que tuvo y que nunca había vuelto a ver! A Toñita sí. Había ido al entierro de su madre. ¡Se lo agradecía tanto! Pero después había vuelto a esfumarse. Ya debía ser una ancianita de pelo blanquísimo rodeada de bisnietos. O tal vez se habría muerto. Después del entierro quiso volver a verla y no pudo localizarla. Al chofer que la llevó a su casa le dijeron que se había mudado. Era como si se la hubiera tragado la tierra.

Aquella tarde que mencionaba el manuscrito, su madre los llevó a la playa y nadaron hasta la balsa que había flotando en medio del área protegida por el rompeolas. En la balsa se acostaron los tres a coger sol y María Isabel se sentía feliz allí, pegadita a su mamá, pero Antonio, que no se podía estar quieto, empezó a tirarse al agua para salpicarlas y llamar la atención. A los cinco minutos de este juego Antonio y María Isabel pelearon por el dinosaurio porque ambos lo preferían. La madre tuvo que rifar el muñeco y se lo ganó Antonio. Montado en el dinosaurio plástico color verde chillón, Antonio se parecía a Trucutú; eso había dicho la madre, lo recordaba bien. Entónces María Isabel abrió los ojos y recordó a la madre cuando les leía tirillas de Trucutú. Había aprovechado la tirilla para enseñarles que hacía más de un millón de años que los seres humanos poblaban la tierra.

—La mayor parte de ese tiempo vivimos en cuevas, como Trucutú —señaló.

María Isabel volvió a cerrar los ojos. Como a través de un cristal oscuro creyó ver el rostro desconcertado de Antonio. No era fácil entender que aquellos edificios que rozaban las nubes en Hato Rey no hubieran existido siempre; no era fácil para un niño comprender las transformaciones de la Historia. Era curioso cómo la madre siempre había insistido en mostrárselas. Cuando iban a Plaza Las Américas les indicaba que hasta hacía pocos años allí mismo había una vaquería:

—Vacas y producción de leche. Los dueños de aquella lechería son los dueños de todos estos edificios ahora. Nunca vendieron; sólo alquilan.

Por un momento María Isabel creyó comprender, leyendo el manuscrito, cuán arraigada había estado en su madre la percepción histórica.

Pero, ¿y ese don Enrique quién era? En realidad comprendía muy poco. El manuscrito la llenaba de angustia. Era como si nunca hubiera conocido verdaderamente a su madre. ¿Se puede vivir veintiún años con una persona y no conocerla de verdad? En el caso de una madre, es evidente que se puede. Ser madre es adecuarse a un modelo; nunca conocemos a nuestros padres porque no nos demuestran sus debilidades. Cuando somos niños nuestros padres son dioses, perfectos y poderosos. ¿Cómo iba a poder seguir viviendo con la imagen que atesoraba luego de ver cómo su madre desnudaba su alma en esos papeles?

— No leeré más y los quemaré —se dijo convencida.

Pero no lograba ponerse en pie. Permaneció con las dos manos sobre los papeles y mirando fijamente la pared frente a ella. No la veía verdaderamente. Lo único que percibía era a su madre, a Sonia Sabater vestida con minifalda de mahón y una camiseta roja. Caminaba junto a un señor de bigote y pelo canoso que le pasaba el brazo por la cintura. La imagen se le impuso de pronto y luego se desvaneció. La sustituyeron, desordenada e inconexamente, otras imágenes del recuerdo lejano almacenado en los sótanos del inconsciente. María Isabel veía a su padre elevar una chiringa en los campos del Morro cuando sintió la voz de Bob:

—Mi amor, ¿te sucede algo?

Tuvo un sobresalto. Bob se encontraba junto a ella y decía:

—¿Y qué, al fin lograste abrir el cofre? Hace rato que te estoy llamando y no me respondes.

María Isabel se lanzó en los brazos de Bob y lloró desconsolada.

4

Había sido demasiado fácil. Su infancia protegida, rodeada de brazos amorosos, no la había preparado para la vida. Si rebuscaba en lo más recóndito de su recuerdo encontraba al abuelo, el comerciante que vivía en la casa de Miramar. En el balcón de enfrente, construido con macetas empotradas, colgaban los helechos más verdes y frondosos que podía recordar. Antonio y ella jugaban con los primos en el patio de atrás, donde reinaba un gigantesco árbol de mango. Los abuelos les habían montado unos columpios y los nietos se pasaban las tardes de los domingos peleando por subir primero a la chorrera y por subir al árbol, que tenía una especie de plataforma de madera alrededor del tronco. Se trepaba a ella por una escalera. En junio y julio, cuando el árbol se llenaba de mangos maduros, los niños se los querían comer cada vez que goteaban al piso y las niñeras uniformadas se los quitaban de las manos.

—Yo quiero comérmelo —gritaba Antonio, cabeciduro y voluntarioso.

Toñita, o Elisa, que vino antes, o Angélica, que vino después, corrían detrás de María Isabel y Antonio porque doña Sonia no quería que se los comieran del piso, y menos aún con sus trajes de domingo, blancos y almidonados, de cuellos de encaje y botones de nácar.

Recordaba bien a los abuelos. Don Pepe Sabater era alto y fornido, de ojos azules y voz de trueno. Se la sentaba en la falda cuando la familia se reunía los domingos en el balcón de enfrente, a eso de las once de la mañana, a tomar unas copas antes del almuerzo. Luego los niños almorzaban en el comedor de los desayunos, junto a la cocina, y los mayores se sentaban a la mesa principal. Sonia iba a la derecha de su padre, quien ocupaba la cabecera, y Felipe a la derecha de doña Ernestina, quien ocupaba la otra cabecera. Los hermanos de Sonia y sus respectivos cónyuges se alternaban en los asientos restantes.

El favor con que don Pepe trataba a su yerno Felipe Gómez no era accidental y tampoco arbitrario. Felipe era quien se encargaba de ayudarlo en el negocio, ya que sus dos hijos varones no mostraron interés por los comestibles importados de Europa; Juan y Ernesto estudiaron las profesiones de abogado y de médico. Don Pepe los respetaba por ser trabajadores como Dios manda y padres de familia responsables, pero no compartía sus intereses. Felipe Gómez, quien era un comerciante nato a pesar de ser hijo de un abogado santurcino o tal vez precisamente por serlo, se entusiasmó con el margen de ganancia desde el principio de su noviazgo con Sonia y no tuvo reparos en visitar los almacenes de Sabater Hermanos ubicados en Puerta de Tierra. Don Pepe ya no se molestó entonces en ocultar su preferencia por Sonia y, muy incómodamente para ella, destacaba sus virtudes frente a la familia. Los hermanos varones no protestaron. Estaban demasiado ocupados en litigios y demandas, averiguaciones de enfermedades progresivas y contagiosas, planes de seguro médico y otros bretes que les consumían casi todo el tiempo disponible a sus cerebros sobrecargados. La hermana menor de Sonia, María José, era la más apegada a la madre y no le interesaban los asuntos de hombres. Tenía sólo veinte años cuando se casó con un señor rico de Ponce que se la llevó a vivir a la calle Reina, y la Ciudad Señorial parecía habérsela tragado. Sus amistades y las constantes fiestas a las que asistía constituían todo su mundo. Doña Ernestina vivía vicariamente aquella intensa vida social, pues ella había nacido y se había criado en Ponce y nunca se había acostumbrado del todo a la vida de la capital. Los padres de doña Ernestina, además de vivir en Ponce habían tenido una finca de café en Adjuntas, donde la familia aún poseía una casa de veraneo. Hacia allá se dirigían todos los veranos, especialmente durante la infancia de Sonia y María José y los dos varones. Después cuando adolescentes ya no querían irse al jurutungo, como le decían, haciendo muecas, a la casa de Adjuntas.

Pero los nietos María Isabel y Antonio sí habían ido, y varias veces, porque a Felipe Gómez le entusiasmaba el campo, y muy especialmente las fincas de café. Felipe y Sonia iban con sus dos hijos cuando podían, y doña Ernestina los acompañaba feliz de regresar a la finca y a la casa de hacienda, de madera con balcón alrededor, donde habían transcurrido muchos ratos memorables de su infancia. A veces don Pepe iba. No era inmune a la belleza de los cafetales en flor y a aquel aroma sin igual en el mundo. Una de las pocas cosas que lo hacía olvidar sus cargamentos de bacalao, aceitunas y turrones era el paseo por las selvas de arbustos; jalda arriba y jalda abajo se pasaba las horas.

Así lo sorprendió la muerte. Aspiraba un puñado de flores en una rama de cafeto cuando un dolor intenso en el pecho lo obligó a doblarse. Cayó de rodillas sobre la tierra, húmeda todavía a causa de un aguacero reciente, y ni siquiera le dio tiempo de pedir perdón a Dios por sus pecados. Murió la mejor muerte, la instantánea, la que no avisa, la de puntería perfecta: la que donde pone el ojo pone la bala.

De esta manera vino a suceder que María Isabel y Antonio se mudaron a la casa de Miramar. Don Pepe había especificado en el testamento que le dejaba la casa a Sonia únicamente. A sus otros hijos y a doña Ernestina les dejaba bonos, acciones, dinero en efectivo y una participación en Sabater Hermanos. La administración central de la empresa le tocaba a Felipe Gómez por encima de otros familiares y accionistas, y se aseguró que, para que no peligrara la posición de Felipe, Sonia heredara más acciones que los demás hermanos. Ni Juan Sabater, ni Ernesto y ni siquiera María José objetaron al testamento. La última por desapego y los otros dos porque se estaban haciendo ricos con sus respectivas profesiones y lo que sí recibían en herencia era considerable. Sonia temió un caso en corte que por suerte no se materializó.

Entonces doña Ernestina quiso mudarse a Ponce con María José, quien se entusiasmó con la idea de que su madre viviera con ella para así poder viajar a Europa más a menudo. Doña Ernestina se ocuparía de los niños y los sirvientes mientras ella y el marido recorrían Italia y Alemania en un Mercedes-Benz sin tener que preocuparse tanto. Además, desde la calle Reina doña Ernestina podía caminar todas las mañanas a la iglesia como había sido su costumbre en la infancia. En Miramar el chofer tenía que llevarla a la catedral de San Juan, pero la catedral de Ponce era su favorita. Se acordaba de aquella boda de la hija de don José Ángel Poventud. La casa del ilustre abogado quedaba justo frente a la catedral y extendieron una alfombra blanca desde el portal de la casa hasta el altar, con jarrones de rosas blancas a ambos lados a lo largo del camino. En aquel entonces doña Ernestina era aún una niña y el evento la marcó para siempre. Soñaba con que sus nietos se casarían así y se pasaba elucubrando estrategias para convencer a los funcionarios del Instituto de Cultura, pues la antigua casa de don José Ángel Poventud era ahora sede de esa agencia del gobierno. Cuando iba a visitarla a Ponce, Sonia tenía que escuchar los cuentos que doña Ernestina inventaba, además de soportar las quejas: ¿Por qué no venía más a menudo? ¿Por qué no se mudaba a Ponce ella también para que María Isabel y Antonio jugaran todos los días con sus primos? En vano Sonia explicó que había que atender el negocio, que Felipe no salía de Sabater Hermanos y trabajaba como un buey. Doña Ernestina jamás quiso saber de los bacalaos y los turrones en vida de don Pepe y ahora menos aún. Ni se ocupaba en preguntar cómo iba el negocio; mientras tuviera sus rentas no intentaba averiguar en razón de qué las recibía; bien se veía que había llevado vida regalada y desconocía el reino de la necesidad.

María Isabel cumplía nueve años y Antonio diez cuando se mudaron de Monteflores a Miramar. Ahora no tenían piscina, protestó María Isabel, pero no le hicieron caso. Antonio también protestó:

—Yo quiero mi piscina, Mami.

Todos los días montaba la misma cantaleta. No le gustaba su cuarto, insistía, el otro era más grande.

—¿Cuándo volvemos a la otra casa? —repetía.

A Felipe Gómez, por el contrario, le encantaba la residencia construida en el 1920 por los padres de su suegro. Disfrutaba el jardín frente a la casa con su árbol de maga, la grama y las reatas de crotos, amapolas y begonias, el muro entre la acera y el patio, el balcón alto donde podía sentarse todas las noches a ver pasar los carros por la avenida Ponce de León. Era una casa con espacios muy diferentes a los que habían ocupado en Monteflores. Allá los garajes estaban pegados a un lado de la fachada; acá los garajes estaban separados, en el fondo de la parte de atrás. Había que atravesar todo el solar e incluso el patio del árbol de mango para guardar el automóvil. En el trayecto entre el portón y los garajes había un portal y si llovía podían detenerse allí y entrar a la casa directamente. Felipe encontraba este arreglo mucho más elegante y conveniente. Además, los techos de esta casa eran mucho más altos y eran de dos aguas; era por lo tanto mucho más fresca, porque el plafón impedía que el zinc ardiente del techo calentara las habitaciones. También tenía un amplio dormitorio matrimonial que a Sonia le gustaba. El único problema era el clóset, demasiado pequeño para ella; los tiempos de su madre fueron otros tiempos, y Felipe, para complacerla, lo hizo ampliar de inmediato. El antiguo cuarto de Sonia y María José se reservó para María Isabel y Antonio se instaló en el cuarto que había sido de sus dos tíos.

Aunque poseía su propio televisor y todos los juguetes que se le antojaran, Antonio nunca estuvo conforme. No le gustaban las cosas viejas, decía. Prefería los techos más bajos, los espacios más abiertos y, por supuesto, la piscina. Sonia trataba de llevarlo a la playa lo más a menudo posible, pero Antonio siempre se lamentaba:

—Mami, vamos a volver a la otra casa, ¿verdad que sí, Mami?

Ella lo negaba:

—No, a tu padre le gusta aquí.

—¡Pero ésta es la casa del abuelo! —se molestaba Antonio.

María Isabel no coincidía del todo con su hermano. Le hacía falta la piscina, es verdad, pero a cambio iban a la playa, y eso quería decir que su madre los acompañaba. A veces la notaba un poco triste y se le acercaba para abrazarle las piernas.

—Mami, ¿te hace falta abuelo? —le preguntaba. Sonia Sabater le decía que sí y se eñangotaba para abrazarla y cubrirla de besos.

La infancia de María Isabel transcurrió entonces dentro de un cerco de amor. Cierto era que le hizo falta el abuelo; sólo cumplía nueve años cuando había muerto, pero lo recordaba con nitidez. Podía recuperar sus ojos azules y su pelo blanco y lacio, el rostro afeitado y poblado de arrugas, su prominente nariz y sus orejas grandes y largas.

—¿Por qué tú tienes las orejas tan largas, abuelito? —le decía cuando él la sentaba en su falda. Don Pepe se reía mucho de la inocencia de María Isabel porque ningún otro ser en el mundo se atrevía a hablarle así.

—¡Para oírte mejor! —le susurraba al oído imitando al lobo de Caperucita.

Le dolía haberlo perdido, pero su recuerdo la fortalecía. Pensar en el abuelo la ayudaba a saber quién era, y cuando llegó a la adolescencia con sus inevitables inseguridades y lacerantes dudas, pensar en el abuelo la ayudaba a pisar tierra firme.

Pero todo aquel amor no la había preparado verdaderamente para la vida. Eso pensó cuando tuvo su primera desilusión amorosa. Antonio y ella asistían a la Academia del Perpetuo Socorro y allí conoció a Johnny. Se llamaba Juan Gutiérrez y era puertorrique-

nó, pero como sus padres pensaban que el inglés era
un idioma superior y su nene era tan lindo que parecía un americanito, lo apodaron Johnny. Cursaban el
primer año de Jai, como le decían a la *High School*,
cuando un día lo sorprendió mirándola embobado.
Como era tan lindo, María Isabel quedó petrificada de
emoción y tuvo un arrebato de vanidad. Todas las
nenas estaban enamoradas de él. ¿Por qué se fijaba
en ella? Pero sí, seguro que se fijaba, y en el baile
que hubo en la cancha de baloncesto la invitó a bailar un merengue.

—Es fácil —le indicó Johnny moviéndose para
un lado y luego para el otro.

Ella sabía bailar merengue porque la última
niñera que tuvo, que era dominicana, le había enseñado, pero fingió que no sabía para que él se sintiera
bien. Johnny le puso la mano derecha en la cintura y
con la izquierda tomó la mano derecha de ella. Osci-
laron de un lado para otro mientras duró el merengue
sin decir una palabra ni mirarse. Cuando terminó la
pieza, él dijo:

—Bailas bien.

Ella dijo gracias e iba a regresar a su grupo de
amigas, pero él la detuvo:

—¿No quieres bailar la próxima también?

Bailaron una balada de Danny Rivera y después bailaron un rock and roll. Al final de la noche
todavía estaban juntoxs, tomando coca-colas y hablando de los maestros. A María Isabel le gustaba la biología y a él también, pero no sabía si quería estudiar
medicina.

—Yo sí —dijo ella—. Estoy segura.

—¿Cómo puedes estar tan segura?

Ella no podía explicarlo. Siempre había querido ser doctora para curar a la gente. Él quedó muy
admirado de su seguridad y al otro día la llamó por
teléfono a su casa. Se hicieron novios una semana
después.

Felipe Gómez puso el grito en el cielo al enterarse. ¡Su hija aún no cumplía quince años! Le prohi-

bió terminantemente que volviera a verlo. Debía romper ese noviazgo absurdo. Sonia no estaba de acuerdo, pero tuvo que callar. Su padre estaba frenético, le confesó a la hija, aunque añadió:

—Ya se le pasará. Es que los papás son muy posesivos con sus nenas. Y la abrazó, dándole todo su apoyo.

En lo que se le pasaba el coraje a su papá, entonces, María Isabel decidió encontrarse con Johnny en casa de su amiga Beatriz. Claro que lo veía en los salones de clase, pero se hacía la indiferente y lo trataba como a cualquiera porque no le fueran con cuentos al papá los muchos chismosos que merodeaban por todas partes y hasta los mismos maestros que seguramente estaban avisados. Al salir de la escuela se iba a pasar la tarde en casa de Beatriz con el pretexto de que tenían que estudiar. Johnny y María Isabel se sentaban en la terraza, y él le acariciaba las manos y la besaba en la boca. A veces, por problemas con su papá, no podía ir a casa de Beatriz y Johnny se quedaba esperándola. Un día, dos meses después de ser novios, vio a Beatriz hablando con Johnny en un pasillo de la Academia, y al acercarse a ellos notó que se sentían incómodos y se extrañó. Entonces Johnny se excusó, porque debía hacerle un mandado al padre, y Beatriz también se excusó porque debía acompañar a su madre a Plaza Las Américas.

—A comprar un regalo de bodas porque se casa una prima —aclaró.

María Isabel se quedó parada en el pasillo viéndolos alejarse cada cual por su lado y a pesar de su inocencia tuvo un presentimiento. No lo mencionó a su madre, pero tres días después, en un rincón de la cancha, sorprendió a Johnny y a Beatriz con las manos entrelazadas.

Sintió un coraje feroz agolparse en su pecho y unas ganas de llorar simultáneas. No los confrontó. Les dio la espalda y salió corriendo. Unas compañeras de clase la alcanzaron justo frente al baño de niñas.

—¡Déjenme sola! —gritó.

Las amigas no le hicieron caso.

—Lo supimos hace días y no sabíamos cómo decírtelo. Beatriz es una traidora, María Isabel.

Ella no podía creerlo. ¿Cómo era posible que la gente fuera así? Fue su primer golpetazo en la vida. No quiso saber más de Beatriz ni de Johnny y ellos al año siguiente se mudaron de escuela. Al parecer se sintieron avergonzados. Había sido feo de parte de Beatriz, es cierto, pensaba, pero en el caso de Johnny le dolía más. También le dolía su vanidad porque ella no se había dado cuenta de que Johnny era poca cosa. Decididamente, alguien que hacía algo así no valía la pena, se repetía a diario.

Años más tarde, el día de su graduación de Escuela Superior, creyó verlos. María Isabel se graduaba con el promedio más alto de su clase y la capilla de la Academia estaba repleta. Entre el gentío al fondo de la nave central creyó reconocerlos y se sintió orgullosa. Sintió, ¿por qué no?, el placer de la venganza. No sólo tenía cuatro puntos de promedio, sino que se llevaba los premios de biología y matemáticas. Había sido aceptada en Brown y en Columbia y en Stanford y en todas las universidades a las que había solicitado. Al entregarle el premio de excelencia, la directora lo dijo por el micrófono. ¡Qué importaba ahora que Beatriz le hubiera quitado el novio! ¡El muy idiota de Johnny cambió chinas por botellas! A fin de cuentas el perjudicado era él; eso pensó. Elucubraba estas ficciones para alimentar un ego ya bastante inflado por las atenciones y destaques que había recibido.

En el fondo, sin embargo, todavía le dolía. La herida había cicatrizado, pero fue la primera herida en una piel virgen y en un corazón acostumbrado al amor, a la lealtad, a la comprensión y a la confianza. Al que se ha criado en un hogar así, ni se le ocurre pensar en la mentira. Había pensado eso durante los restantes tres años de Escuela Superior, pero la vida iba a continuar encargándose de enseñarle sus garras. Tuvo otro novio en tercer año. Se llamaba Jorge García y le decían, por supuesto, Georgie. Estaba en cuarto año y al igual que a ella le encantaban las ciencias. En una ocasión hicieron juntos un proyecto para una feria científica: clasificaron todas las especies vegetales y animales que vivían en el patio de la casa de María Isabel. Tuvieron ocasión entonces de conocerse porque se pasaban las horas observando a los largartijos y a los insectos. El día que vieron a un lagartijo comerse a una cucaracha rieron y aplaudieron. El lagartijo les parecía un dragón salido de un cuento de hadas.

—¿Quién dijo que los dragones no existen? —rió Georgie.

Y María Isabel se enamoró de su risa.

—Ahora podemos decir que vimos un dinosaurio —susurró.

Pero cuando vieron a un lagartijo montarse sobre una lagartija no supieron qué decir.

—¿Y por qué se irán allá tan alto? —preguntó María Isabel, quien era la más inocente. Los lagartijos se encontraban en el borde superior de la puerta del garaje.

—Apúntalo en tus observaciones —dijo Georgie muy serio.

Ella lo vio escribiendo en su libreta y no supo qué poner en la suya. Trató de ver lo que él estaba escribiendo y él apartó su libreta. Entonces ella escribió:

Costumbres de apareamiento de los lagartijos:

1. Suben a lo alto de los muros
2. El macho se trepa en el lomo de la hembra
3. La hembra agita violentamente el rabo
4. Están unidos como uno o dos minutos y luego se separan y van cada cual a lo suyo, trepándose a los árboles y comiéndose las mariposas.

Se lo mostró a Georgie, quien se rió como avergonzado.

—¿Apareamiento? —reaccionó sorprendido.

—¿Y tú qué escribiste?

— Algo que tú no puedes leer —dijo tachando todo lo que había escrito.

Ella no entendió a qué obedecía aquella timidez repentina, pero a la semana siguiente, cuando él preguntó:

—¿Quieres ser mi novia?

Ella asintió feliz y le ofreció una boca que Georgie aprovechó al máximo.

Estuvieron de novios durante los dos meses que quedaban del último semestre de Georgie y durante las vacaciones del verano, felices de compartir visitas al Jardín Botánico de la Estación Experimental, días de playa, paseos en la lancha del papá de Georgie, viernes sociales en la calle San Sebastián del Viejo San Juan, fiestecitas en casa de los amigos, discotecas, cine de acción en Plaza Las Américas y días de compras para prepararlo para la universidad, pues había decidido ir a Princeton, en New Jersey. Voló a Newark a principios de septiembre y María Isabel sintió que le faltaba un brazo; ¡se había acostumbrado tanto a Georgie! Felipe Gómez esta vez aprobaba el noviazgo porque el padre de Georgie era uno de sus principales clientes; además de tener una compañía de seguros, era dueño de una cadena de restaurantes. Pero aquella felicidad un poco plástica fue breve. Hacia mediados de noviembre llamó por teléfono a Georgie para que viajara a la isla en Sangivin, el Día de Acción de Gracias puertorriqueño.

—Por favor, Georgie, sólo cuatro días, plis. Tu papá no se negará.

Él le contestó con evasivas y no volvió a llamarla. Tampoco le escribió. Hacia el veintidós de diciembre, cuando vino a Puerto Rico en ocasión de las vacaciones de Navidad, se enteró del porqué. Por suerte María Isabel no fue al aeropuerto a recibirlo. Ignoraba la fecha y hora de su vuelo. Fue la hermana de Georgie quien la llamó para decírselo: al bajar del avión Georgie traía a una americanita, rubia y de ojos azules, colgada del brazo.

5

Por unos días estuve considerando no volver a la universidad, leyó. María Isabel había regresado al manuscrito tras varios días de reflexión. Aquella última vez lloró en brazos de Bob y él la había consolado. Con la prudencia y madurez que lo caracterizaban, no insistió en saber el porqué de su llanto. Supuso que el cofre era el culpable; aquellos papeles con manchas de moho escritos por la madre, el padre o el abuelo debían ser la causa de la desdicha de su pobre mujercita. Sólo dijo, con ternura:

—Vamos, cierra el cofre tú misma y después a la cama. Necesitas descansar.

María Isabel protestó:

—No te he dicho lo que es... Es que son...

—No es necesario. No me tienes que decir si no lo deseas. Cuando necesites decírmelo te escucho, y con interés, pero ahora ven a descansar.

Ella se dejó llevar, cerró el cofre con su llave y durmió toda la noche en los brazos de aquel hombre bueno que no le exigía confesiones. Pero una semana y muchos pacientes después, sintió la necesidad de leer de nuevo el manuscrito. Entonces leyó por segunda vez:

estuve considerando no volver a la universidad.

Y continuó leyendo:

Me aterraba volver a encontrarme con don Enrique Suárez Castillo, pero a la misma vez no que-

ría abandonar mis estudios de biología y de química. Pensé en Eva Marrero: "¿Qué habría hecho ella
en mi lugar? Habría mandado al viejo al infierno,
estoy segura." Era lo que yo tenía que hacer y, con la
determinación de insultar a don Enrique, regresé. Estuve muy atenta en la clase de Eva y, en el laboratorio
de biología, donde hacíamos laminillas de los tejidos
del sapo, trabajé hasta pasadas las tres. Los niños ya
estaban inquietos cuando metí el carro en el garaje. Al
otro día, al caminar por el pasillo del segundo piso del
edificio de humanidades, ya estaba más tranquila.
Tanto así, que opté por no esconderme y me senté en la
primera fila. Al entrar al salón, don Enrique debe haberse sorprendido de verme enfrente y lo más probable
fue que interpretó mi postura como un desafío.

No sentí miedo al verlo. Extrañamente, creo
que no sentí nada sino una especie de indiferencia
desdeñosa. Él debió percibirlo porque se cuidó de no
mirarme demasiado, no me hizo preguntas y al terminar la clase no hizo amago alguno de llamarme. Santo
y bueno, pensé, ya el problema se resolvió.

Al pensar así no contaba con las habilidades
de seductor de don Enrique, adiestrado en esas artes
tras largos años de profesor en la universidad. Era
tan apabullante mi inocencia que no me avergüenzo
de escribirlo, y no lo hago para excusarme ante mí
misma, no; en realidad mi comportamiento no es ex-
cusable bajo ningún concepto. Poco a poco, como
quien no sabe lo que le sucede, fui dejándome enre-
dar en sus miradas. Cuando en medio de una discusión se me quedaba mirando, yo no evadía sus ojos:
los sostenía con los míos deseando que aquel instante
durara para siempre. Sentía mis labios temblar con
un cosquilleo delicioso, los pezones me latían y los
pantis se me humedecían. Después, si me lo encontraba por el pasillo me hacía la indiferente, pero en el
fondo es innegable que comenzaba a disfrutar el deseo
por mí que encendía a aquel hombre y sentía placer
en castigarlo, en que sufriera por mi culpa.

—Quiero que sufra. Para que vea que no soy una cualquiera —mascullaba.

Y es que a las mujeres nos meten en la cabeza que ser puta es lo peor que nos puede pasar. Tenemos miedo de nuestra propia sexualidad porque tenemos miedo a que nos acusen de ser putas. Es un miedo análogo al que sienten los hombres a ser maricones. Para ellos el peor insulto es que les digan maricones; y a nosotras el que nos digan putas. Entonces, con el asunto de don Enrique me decía a mí misma: Sonia Sabater, ¡qué puta eres! Me autocensuraba y me daba de latigazos verbales para obligarme a recapacitar. Especialmente cuando todo ese coqueteo prohibido y solapado con don Enrique me había estimulado en mi relación sexual con Felipe. En vez de alejarme de Felipe me acercaba más a él y por las noches era yo quien lo despertaba a las dos y a las tres y a las cuatro de la madrugada para que volviéramos a hacer el amor. Disfrutaba su cuerpo más que nunca, tanto en la cama acostada debajo de él, o encima, o de lado, como parados en la ducha bajo torrentes de agua. El sexo me gustaba cada día más y quería explorar todas sus posibilidades. Tenía muchos orgasmos corridos. A veces el primero era fuerte y breve y el segundo más largo, suave y profundo. El tercero en una misma noche era el más intenso, aunque no tan largo como el segundo, sólo de cuando en cuando el tercero era el más largo. Me maravillaba que nunca hubiera dos orgasmos iguales. Todos y cada uno parecían poseer una cualidad única. Felipe, que a veces se había quejado si no de mi frialdad, sí de una especie de alejamiento de mi parte, como si estuviera ausente o pensando en otra cosa, estaba contentísimo. Me preguntaba asombrado:

—Bueno, nena, ¿y a ti qué te pasa?

—No lo sé —le mentía—, será que te quiero.

Ignoro si lograba convencerlo y a veces se reía a carcajadas de los inventos míos. Era como si el coqueteo con don Enrique hubiera despertado una parte de mí que nunca sospeché existiera. Felipe no disfrutaba de suficiente tiempo ocioso como para preguntarse en serio qué me pasaba. Creo que nunca sospechó de otro hombre porque supongo que lo lógico es que una mujer casada que se interesa en otro hombre se desinteresa del marido. Al menos eso es lo que cree la gente, en especial los hombres.

Mi vida marital erotizada al máximo debe haber afectado mi aspecto, porque los hombres se viraban cuando yo pasaba; o quizás era el olor. Yo no lo percibía, pero ellos sí.

—Debe ser que huelo a perra en celo —me decía al verlos reaccionar.

En el salón de la clase de historia de Puerto Rico, don Enrique temblaba cuando yo sostenía su mirada. Las manos que pasaban las páginas del libro donde leía una cita parecían hojas sacudidas por el viento de la costa norte. No me importó. En el fondo tenía rabia con él por haberse querido aprovechar de mí. Según decían las malas lenguas, era práctica común entre muchos profesores de la universidad el enamorar a las estudiantes jovencitas sin asumir responsabilidades, para gozárselas no más. Se aprovechaban del halo de glamour que les daba el salón de clases para impresionar a las nenas. Por supuesto que por las leyes universitarias estaba prohibido y podían formularles cargos, pero aun así lo hacían, porque sí, por hacerse los más cheches, los más machos. Cuando llegó el primer examen estudié mucho y al ver las preguntas de discusión escritas en la pizarra cogí dos libretas azules porque sabía que iba a escribir cantidades industriales de palabras. Quería impresionar a don Enrique y no despegué los ojos de mis contestaciones durante más de cuarenta y cinco minutos, aunque lo sentía caminando cerca de mí y sabía que al sentarse en el escritorio estaría mirándome. Efectivamente, cuando al fin levanté la cabeza porque sólo me quedaba una pregunta por contestar y necesitaba respirar hondo y enderezar la espalda, sorprendí en su rostro el gesto de adoración a mi persona más desinhibido y descarado que jamás le había visto. De inmediato aparté los ojos y volví a hundirme en el trabajo. Entonces don Enrique caminó por el estrecho espacio entre la fila de pupitres y se detuvo justo a mi lado. Sabía que estaba allí pero seguí escribiendo. Incrédula y espantada, sentí su mano fuerte, fibrosa y caliente acariciar mi espalda.

—Este señor está loco de remate —pensé—. Se van a dar cuenta los otros estudiantes.

Seguí escribiendo como si nada hubiera pasado y al entregar el examen nada dije, pero me preocupó que don Enrique cometiera alguna imprudencia y que su comportamiento llamara tanto la atención que alguien lo denunciara. Creo que si yo hubiera sido una estudiante soltera no me habría importado. ¡Mejor que lo botaran! Pero yo era casada y el escándalo tampoco me convenía. Así quería decirle personalmente la semana después; ¡fue tan grande la preocupación que se me metió entre ceja y ceja!

En la clase siguiente don Enrique entregó los exámenes ya corregidos y no me sorprendió ver el noventa y ocho escrito en lápiz rojo sobre mis libretas azules. No dudé me lo merecía; me hubiera sentido humillada si no hubiera estudiado y él me estuviera regalando la nota. Adentro tenía unos comentarios elogiosos que me hicieron sentir incómoda: "¡no era para tanto!", pensé, "yo sólo quería aprender". Pero a él parece que le gustaba precisamente eso, pues alababa mi "curiosidad intelectual" y otras cosas por el estilo que he olvidado. Lo que no he olvidado fue que al terminar la clase e ir a devolverle el examen le pregunté, allí mismo y sin titubeos:

—Profesor, ¿puedo hablar con usted un momento, por favor?

Él pareció sorprendido pero asintió, y al salir del salón me indicó lo siguiera. Íbamos por la mitad del pasillo cuando me di cuenta que nos dirigíamos a la oficina de la vez anterior y me detuve.

—Profesor —llamé apretando mis libros fuertemente contra el pecho.

Él se viró y pareció desconcertado.

—¿No querías hablar conmigo?

—Sí —respondí—, pero no ahí dentro.

Se confundió más aún pero pudo reponerse:

—¿Quieres dar una vuelta en mi carro?

No tenía inconveniente en eso, le respondí fríamente. Entonces caminamos hacia el estacionamiento de la facultad, detrás del edificio de humanidades, y una vez estuvimos dentro de su Buick azulmarino de cuatro puertas enfiló hacia la carretera de Caguas. Como ignoraba esa ruta no me alteré y planteé mi razonamiento:

—Quería decirle que debe disimular su interés en mí.

—¿Disimular? —reaccionó turbado, y su mano derecha abandonó el volante para posarse sobre mi rodilla desnuda.

Al acariciarme sus dedos calientes y suaves, sentí cómo se me humedecía el sexo y comenzaba a latirme; las pequeñas contracciones me obligaron a apretar los muslos y me mordí los labios. Tuve que respirar hondo para tomar su mano, apartarla de mi muslo y devolverla al volante. Él aprovechó para besar mi mano y yo lo increpé:

—Profesor, debe olvidar este asunto. Es peligroso para usted. Los otros estudiantes se van a dar cuenta.

Entonces él me abrió su corazón, o al menos eso pensé aquel día.

—No me puedo controlar, Sonia. Pensarás que soy un viejo verde, pero no es verdad. Hacía años que no me sentía así y te diré: pensé que nunca volvería a sentirme así.

—¿Qué quiere decir así? —indagué con estúpida ingenuidad.

—Enamorado. Locamente enamorado.

—Usted sabe que si lo denuncio a las autoridades de la universidad lo pueden expulsar.

—Sí, mi amor, lo sé, pero a mi edad y aturdido ante lo que siento y que creí no sentir nunca más, ¿eso qué importa?

—A mi me parece que su reputación importa mucho. Además, usted siente la vocación de transmitir sus conocimientos a las generaciones más jóvenes y de estimularlos para que investiguen y piensen y reescriban nuestra historia.

—Eso es totalmente cierto, pero no quita que, a mi edad, una pasión tan intensa sea como un milagro. Estoy deslumbrado con esta pasión. Sonia, ¿no te das cuenta cómo estoy?

Y acompañó su súplica posando nuevamente su mano caliente, fibrosa y fuerte sobre mi rodilla.

Ignoro por qué no volví a apartar su mano. Miento. No la aparté porque el corazón se me quería salir del pecho y tenía como un fuego entre las piernas y lo único que quería era que siguiera tocándome, que detuviera el carro y me tocara con ambas manos. Creo que fue el tono suplicante de su voz. Me desarmó. Quedé con el alma desnuda y las manos vacías, mirándolo como una idiota y respirando con dificultad. Casi no me di cuenta que habíamos salido de la carretera principal e íbamos por un camino estrecho debajo de árboles frondosos hasta que llegamos a un portón donde había una caseta con un hombre adentro. Don Enrique le dijo algo al hombre y nos dejó pasar a un espacio con filas de casas a ambos lados; todas con un garaje pegado a un costado. Don Enrique metió su Buick azulmarino por una puerta abierta, se bajó y la cerró. Yo estaba como aturdida y le pregunté, cuando vino muy caballerosamente a abrirme la puerta del carro:

—¿Y esto qué es? ¿Para qué estamos aquí?

Él sonrió y me hizo un gesto para que saliera. Me negué.

—No. Yo no me muevo de aquí si no me explica.

De pronto sentí miedo. Don Enrique no se inmutó. Volvió a sonreír y tomándome por los hombros con ambas manos me sacó del carro y me alzó hasta su altura. Cuando me besó perdí el control de mí misma y ya no supe más. Nos besamos con desesperación, con furia, con dolor y angustia, los brazos, el

*cuello, la ropa, los dedos, la cintura, los ojos, el pelo,
las orejas, la nariz, las muñecas, los sobacos, la espalda. Parecíamos dos caminantes que atraviesan un
desierto, sedientos tras varios días sin agua. En ese
momento su cuerpo me era tan urgente e indispensable para vivir como el aire y el agua. Besándome sin
tregua, don Enrique me fue llevando hacia el interior
de un pequeño cuarto donde sólo había una cama
de dos plazas, una mesa pequeña y dos sillas. Ya nos
besábamos sobre la cama cuando dieron dos golpes
en una ventana. Don Enrique se levantó y fue hasta
allí, abrió un poco una hoja y tuve la impresión de
que pagaba una cantidad imprecisa de dólares; aún
ignoro cuántos pero vi las caras verdes de Hamilton,
Lincoln y Washington desde la cama.*

*Cuando regresó a mí don Enrique no se me
volvió a tirar encima, sino que se sentó en el borde de
la cama y me acarició la frente y el pelo.*

*—Te ordené una coca-cola. ¿Querías otra
cosa?*

*—No, gracias. Una coca-cola está bien —su-
surré.*

*Apenas había dicho esto, volvieron a sonar
los dos golpes en la ventana. Don Enrique acudió y
regresó con dos coca-colas. Sonreí al ver las dos latas
rojas, junto a los dos vasos de cartón y un envase
plástico lleno de cubos de hielo, sobre una pequeña
bandeja. Todo me pareció tan humilde, vulgar, ordi-
nario e insignificante que no me pude contener y
comencé a reírme, primero suavemente y luego a
carcajadas. Don Enrique, por supuesto, no entendía
mi risa, pero algo en mi actitud le dio mala espina.
Con el ceño fruncido puso la bandeja en la mesa y se
abalanzó sobre la cama.*

*No logré evadirlo. Tampoco quise. Sus manos
y su boca encendieron mi cuerpo hasta tal grado que
ya no supe si estaba vestida o desnuda, si era de día
o de noche, si aquel lugar era un bosque o un palacio. Cuando me penetró grité de gozo.*

—Grita, mi amor, grita todo lo que quieras,
gózatelo —dijo en mi oído.

Debo de haber gritado como una condenada,
aunque lo he olvidado. Sé sin embargo que no grité
por él, sino por mí, por el placer indescriptible que
recorría, cual zigzagueantes corrientes eléctricas, todo
mi cuerpo. Mi orgasmo vino pronto y casi de inmediato el de don Enrique. Yo aún gritaba deslizándo-
me por un túnel blando e interminable cuando su
semen impregnó mis paredes interiores y el túnel se
iluminó. Ese primer día hicimos el amor una vez más,
más dulcemente quizás que la primera vez, pero con
cierto apuro pues debíamos regresar a nuestros respectivos hogares. El adulterio tiene esa desventaja,
pensé esa noche y ahora que lo escribo vuelvo a pensarlo: es precario y prohibido y por lo tanto excitante,
pero debido al factor del apuro carece del tiempo lento y sensual, exploratorio y preciso, del amor marital.
Pensándolo bien, prefería a mi marido.

—Sólo ahora comprendo lo buen hombre que
es, lo completo, lo viril que es —concluí esa noche.

Por la tarde al regresar a casa los niños ya
estaban super inquietos por tirarse a la piscina y me
sentí algo rara al abrazarlos. Sí, creo que me sentí
culpable, muy, muy culpable. Al abrazarlos me dieron unas ganas terribles de llorar. Tenía los ojos llenos de lágrimas cuando María Isabel me puso el bikini
amarillo en las manos.

—Póntelo. Mami, ven —dijo con su vocecita
de ángel.

Me tiré al agua con ellos y jugando con la
pelota inflable y tirándome del trampolín me fui tran-
quilizando. Pero sí, no había duda de que con ellos
me sentía culpable. Tal vez inconscientemente, en el
fondo de mí luchaban la puta y la madre.

—Si mis hijos se enteran tendré que suicidar-
me —pensé.

Estaba convencida de eso. Sufrí mucho ese día;
no tanto por lo que había hecho sino por lo que podía

dañar a otros, en especial a mis hijos, si se hacía pública mi transgresión.

Con Felipe era distinto. Aunque a él le hacía daño también, a mis hijos los perjudicaba mucho más. Además, ellos eran inocentes y delicadísimos. Saqué del agua a María Isabel para cubrirla con la toalla y la sentí tan frágil, tan a punto de romperse, que las lágrimas volvieron a agolparse en mis ojos.

—Mami, ¿porqué lloras? —dijo María Isabel, que todo lo percibía.

—Por nada, mi amor, por nada —mentí.

Era lo menos que yo había deseado en la vida: mentirle a mis hijos. ¡Qué horror! Yo creía en la verdad y quería enseñarles eso en lo cual creía. ¿Podría volver a enseñarles aquello en lo cual creía pero que yo misma violentaba? ¿Qué fuerza moral iba a tener ahora? Encerrada en el baño y bajo el torrente frío de la ducha me preguntaba estas cosas y me doblaba de dolor.

Felipe no percibió mi conmoción y mi tormento. Si le hubiera sucedido a él yo lo habría percibido, pensé aquella noche, pero ahora que lo escribo pienso que tal vez no. A veces creemos conocer a la gente y nos engañamos. Creemos lo que queremos creer, que es lo mismo que decir que creemos lo que necesitamos creer. Esa noche Felipe me hizo el amor y tuve un orgasmo largo e intenso.

—Es como reingresar al Big Bang, a la explosión inicial que puso en marcha la expansión de las galaxias —le dije a Felipe luego de que al fin, y lentamente, lograra regresar a la realidad.

Felipe me miró divertido:

—Explícame eso que sientes.

Hice un esfuerzo por alzarme con los codos.

—¿Tú no sientes lo mismo?

Rió:

—Siento un placer rico y fuerte y liberador pero no eso que tú dices.

Pensé que era raro y también pensé que los orgasmos de los hombres y los orgasmos de las mujeres son diferentes. "Debe ser por eso que nos han pro-

*hibido disfrutar del sexo durante tantos milenios",
concluí, "por eso si somos sexuales nos castigan lla-
mándonos putas. Tienen miedo a nuestro poder
sexual". Recordé un artículo que había leído en el
periódico sobre ciertas tribus africanas. Acostumbra-
ban extirparle el clítoris a algunas niñas para que no
sintieran placer. Así era más fácil dominarlas.*

*Me quedé dormida pensando esas cosas y a la
mañana siguiente ya Felipe se había ido a trabajar.
Sobre la mesa de noche encontré una nota: "No me
atreví a interrumpir tu viaje espacial, sinvergüenzona.
Besos." Lo de sinvergüenzona me impresionó: "lo dice
y no lo sabe", me repetí durante todo el día.*

*El jueves siguiente llegué diez minutos tarde a
la clase de don Enrique y al entrar me deslicé por un
costado del salón y me senté en la última fila. Noté cómo
sus ojos me seguían, pero continuó su exposición sobre los inmigrantes corsos y mallorquines como si no
pasara nada. Eso me gustó. Frente a los demás estudiantes, era como si no pasara nada entre nosotros:
frialdad, eficiencia profesional, perspectiva en la ex-
ploración intelectual. Aquella mano bajando por mi
espalda durante el examen no me había gustado. El
descaro no. Pero esto así, distante y frío en unas circunstancias y erupción volcánica en otras me excitaba lo indecible. Era una pasión circunstancial, sin
consecuencias, casual, un accidente. Así jugaba yo
entonces, desgraciada de mí, sin sospechar lo que me
esperaba. Quería explorar mi propia sexualidad para
conocerla como quería conocer las diferencias y las
similitudes entre los tejidos vegetales y los tejidos animales. Era como si mi vulva fuera un microscopio.
Pero no, soy imprecisa. Todo mi cuerpo era un microscopio y un bisturí mi cerebro. "Todo sea por la
ciencia", me engañaba.*

*Don Enrique no volvió a solicitar mi cuerpo
de inmediato. Ese día que llegué tarde a su clase,
para alivio y disfrute erótico mío se mantuvo aparta-
do, como si su cabeza estuviera en otra parte. Yo sabía
que era puro fingimiento y eso me encantó. Participé*

en la clase con seguridad y determinación, manteniendo esa distancia "oficial" que nunca nos impusimos, pero que cobró forma casi desde el inicio de nuestra relación. Fue sólo tras haber transcurrido una semana que me detuvo en el pasillo para decirme:

—Oye, Sonia, ¿te gustaría almorzar con nosotros hoy?

Quedé sin saber qué decir. ¿Qué complicación era ésta?

—¿Con nosotros? —balbuceé.

—En mi casa, con mi esposa y conmigo —respondió sonriendo dulcemente.

No pude negarme a pesar de estar aturdida, porque negarme hubiera sido tenerle miedo a su mujer y yo no le tenía miedo. Y tampoco sentía vergüenza, qué cosa rara. Lo seguí y al entrar en el Buick sus labios rozaron los míos. No protesté, pero el trayecto no dio tiempo para más. Llegamos rápidamente a la marquesina de su casa porque era en la urbanización Dos Pinos, detrás de la avenida Barbosa, y allí nos recibió una señora vestida con un traje de hilo rosa, medias nilón y zapatos negros, de charol y de taco alto, quien me hizo pasar a la sala y me ofreció un jerez.

—Sí gracias —murmuré encogida por la experiencia de conocerla. Me trajo el jerez y trajo otro para ella y pronto nos enfrascamos en una animada conversación. Ella conocía a mi padre, dijo.

—Don Pepe Sabater era el soltero más codiciado de mi época.

—¿De veras?

No podía creer lo que oía.

—Recuerdo que en una fiesta bailé con él y todas las muchachas me envidiaban.

Mi padre nunca había mencionado a esta señora, pensé, pero los hombres que se casan hablan poco de las mujeres que conocieron durante su soltería. Las mujeres casadas, por el contrario, no dejan de mencionar a los novios que tuvieron.

— ¡Es que cuando llegó de España se veía tan elegante! —añadió.

*Entonces recordó que mi padre había, efecti-
vamente, estudiado en España.*

*—¿Usted estudió en Barcelona también?—dije
por decir algo.*

Ella reaccionó riendo con ganas.

*—¡No, cómo va a ser! Sólo a los varones los
enviaban a estudiar a España.*

*—Ah, entiendo. ¿Y su padre era español tam-
bién?*

*—De clavo pasado. Vino de Extremadura y
era terco como un mulo. Tenía una ferretería en San
Juan, en la calle Fortaleza.*

*Don Enrique había desaparecido dejándonos
solas desde que llegamos a la casa y traté de bromear
porque empezaba a sentirme tensa:*

—¡Y no la quiso enviar a España a estudiar!

No pareció entender la ironía.

*—Estudié en el Recinto de Río Piedras de la
Universidad de Puerto Rico y sólo hace unos doce años
que terminé el doctorado, pero hace veintisiete que
enseño Humanidades en el Departamento de Estudios Generales.*

*Dijo esto último con cierto orgullo y pensé que
era una señora muy buena y muy amable, pero poco
más. Por suerte, en ese momento don Enrique regresó.*

*—Perdonen, es que debía corroborar un dato
en la biblioteca.*

*—Este Enrique, ¡siempre con la nariz metida
en los libros!*

*Ante su comentario guasón, no pude evitar po-
nerme seria y dije, mientras entrábamos al comedor:*

—Los estudiantes se lo agradecemos.

*Doña Julia, que así se llamaba la esposa de
don Enrique, me celebró el comentario:*

—Ajá, ya ves cómo te defienden...

Él rio y nos hizo sentar una frente a la otra.

María Isabel se detuvo en este punto álgido de
la historia. Era preferible seguir otro día; las letras
comenzaban a bailarle en los ojos, le costaba trabajo

organizarlas. Apagó la luz y estuvo largo rato acariciando los bordes de las estrellas rojas trabajadas por artesanos moriscos. Era una manera de acariciar la piel del tiempo, ese dios que moldea nuestras vidas como los artesanos labraron esas estrellas sobre los seis paneles de madera del cofre.

6

Después del desengaño con Georgie, pasó algún tiempo antes de que María Isabel volviera a enamorarse. Durante su último año de Escuela Superior en el Perpetuo Socorro, estudió noche y día y hasta fines de semana para que su promedio fuera bien alto y la aceptaran en las universidades a las que había solicitado. Todas le abrieron sus puertas, pero se decidió por Columbia.

—¿Por qué Columbia? —preguntó Felipe—. ¿Harvard no es mejor?

—Puede ser, Papi —respondió decidida—, pero Nueva York es Nueva York.

Sonia y Felipe habían viajado con su hija a las diferentes universidades para que las conociera y manejara más información, pero cuando María Isabel puso los pies en Nueva York fue amor a primera vista. Le gustó, sobre todo, el ritmo vital de la ciudad.

—Se puede sentir el latido del·corazón de la ciudad. ¿No lo sientes, Mami? —le decía a su madre cuando caminaban por la Quinta Avenida.

Sonia también sintió el poder de la ciudad pero no logró acoplarse y fundirse con él. Era como si ya no pudiera producir suficiente energía para bailar al ritmo de esa música. Felipe tampoco, aunque disfrutaba la actividad comercial de la ciudad y, por supuesto, las agitadas muchedumbres de Wall Street. —Es una calle donde nunca se ve el sol —comentó Sonia al ver cómo el alto de los edificios impedía que el sol tocara las aceras. Felipe y Sonia habían visitado Nueva York en años anteriores y siempre la ciudad los afectaba de manera distinta. En una ocasión en que venían camino de Londres, se sintieron sobrecogidos y Londres les pareció pequeña y desparramada en comparación. También habían venido por el asunto de las universidades de Antonio, quien prefirió San Francisco a Nueva York y había escogido la Universidad de California, en Berkeley. "Fue para estar allá lejísimos, al otro lado del mundo", consideró Sonia espantada, pensando en el Pacífico como "ese inmenso océano que nos separa de los millones de chinos". Antonio prefirió California porque era una tierra nueva, recién hecha y sin historia, mientras María Isabel se enganchó con la ciudad de los rascacielos por otras razones.

—¡Cómo trabaja esta gente! —se admiraba—. Son máquinas. ¡No paran!

Ella quería eso, y la vida en Puerto Rico la sentía lenta y pegajosa en comparación.

Su primer año en Columbia fue un torbellino. A veces no tenía tiempo ni para comer; no quería perderse los conciertos y las obras de teatro a las que pudiera asistir. Además de las largas horas de laboratorios, se metía en la biblioteca general de Columbia a estudiar hasta ocho horas de corrido. Al principio sus notas no fueron de lo mejor; le tomó algún tiempo adaptarse a un sistema mucho más exigente, más afilado. Vivía los días como si fueran cuchillos amolados; cortaban limpio. Quizás el frío contribuyó a esta sensación.

—El cambio de estaciones es estimulante al cerebro —concluyó. Cuando las hojas de los árboles del Parque Central amarillearon y enrojecieron, no dejó de ir diariamente a disfrutar del proceso. El dormitorio de señoritas de la universidad no quedaba muy lejos y caminar un poco antes de la cena le desanudaba las tensiones adquiridas en los laboratorios y las conferencias. Deslumbrada, hacía anotaciones mentales: "Aquí las hojas de los árboles son como las frutas; primero verdes, luego amarillas y anaranjadas y finalmente rojas, ya maduras. La diferencia es que no me las puedo comer."

Aquel primer semestre fue muy duro y en diciembre, al regresar a Puerto Rico agradeció el calor, la presencia de sus padres en el aeropuerto Luis Muñoz Marín y ya en la casa de Miramar su cama, sus muñecas y sus trajes de algodón sin mangas. Agradeció sobre todo la comida y hablar en español. Nueva York la ponía a mil millas por hora, ¡pero qué bueno era descansar entre la gente y los espacios que le eran familiares! Felipe se sentía muy orgulloso de su hija y en las fiestas navideñas no cesaba de alabarla. A Antonio, quien había venido de vacaciones desde California, le molestaban los halagos y no lo alababa en público. Antonio estudiaba física nuclear y su objetivo era trabajar en laboratorios de investigación. No le gustaba la palabrería; lo de él eran los datos exactos, "no *bullshit*", decía. Antonio pensaba que como el padre nunca pudo estudiar en los Estados Unidos, los hábitos culturales puertorriqueños eran en él más arraigados; en vez de agarrar el toro por los cuernos, le daba vueltas a un asunto. No decía las cosas directamente y doraba la píldora.

Aquellas navidades Sonia llegaba a las fiestas acompañada de sus dos hijos y proyectaba la imagen de ser la mujer más feliz del mundo. Ésa era la emoción que comunicaba a sus hijos y María Isabel nunca dudó de que fuera así. De regreso al frío y al poder de Nueva York, se sintió fortalecida al pensar en su madre y trabajó el semestre como un picapedrero, con determinación y con gríngolas para que las distracciones no debilitaran su capacidad de concentración. Lo cual quería decir, entre otras cosas, todo lo referente a los hombres. Varios compañeros de clase se le acercaron durante el primer semestre, pero como estaban tan abacorados de trabajo como ella, podían disponer de poco tiempo para conocerse. Ya en el segundo semestre hubo algo más de espacio y, entre los que se le acercaron, un estudiante de premédica llamado Ronald Whitman cautivó su imaginación.

—Es bello —se repetía contentísima, mordiéndose los labios.

Salieron varias veces al cine y a pasear por el Parque Central y una noche lo acompañó al apartamento que compartía con dos amigos estudiantes también. En un rincón de aquellos cuartos desordenados llenos de libros, videocassettes, *compact-discs*, bolsas vacías de papitas fritas, nachos y nueces, carteles de muchachas desnudas y latas de cerveza, María Isabel le entregó su virginidad a Ronald. Él se asustó de que fuera virgen.

—*Puertorrican girls don't fuck in High School?*

—No verdaderamente —dijo ella.

Luego se corrigió:

—Algunas sí y otras no. Yo, como ves, no había tenido tiempo.

Ronald se rió de su sentido del humor y ella creyó percibir que se producía un alejamiento entre ambos. Se vieron a solas otras veces, pero las ocasiones se fueron espaciando hasta que dejaron de verse. No le dolió. Estaba tan atareada que lo único que pudo mascullar para su adentros fue:

—Bueno, qué remedio, ¡así es la vida!

De modo que durante las vacaciones del verano siguiente, al regresar a Miramar y a los cuidados y mimos de su madre, su padre y las sirvientas, María Isabel no tenía ninguna atadura sentimental de naturaleza erótica revoloteándole en el cerebro. Andrés Orsini encontró la casa limpia, ordenada y esperándolo.

Lo conoció en una fiesta en casa de sus primos, los hijos de Ernesto Sabater. Vivían en Garden Hills, en Guaynabo, y la fiesta era alrededor de la piscina. María Isabel bebía una cerveza Medalla mientras le contaba a una amiga sobre Nueva York en otoño y él se les acercó.

—¿Se puede interrumpir?

—Sí, claro —dijo la amiga, y al decirlo se remeneó con una coquetería exagerada.

María Isabel lo encaró:

—¿Y tú quién eres?

Su gesto brusco no estaba desprovisto de candidez.

—Soy Tarzán de los monos y Lucero a Jane. ¿La han visto?

Ambas muchachas rieron y María Isabel decidió seguirle la corriente:

—Anda por ahí. Creo que está trepada en lo alto de aquel flamboyán; hace ya un rato la vi.

Rieron de nuevo y él le dio un beso en la mejilla a cada una.

—En serio, ¿no van a bañarse en la piscina? —susurró mirándolas apetitosamente.

—Yo sí —se apresuró a decir María Isabel, tomando la delantera. Agarró al joven de la mano y entraron en la casa dejando a la amiga con la boca abierta y sin saber explicarse qué había sucedido.

—Voy a cambiarme —dijo entrando al cuarto de su prima—. Tú vas allá, y señaló el baño reservado a los varones.

Al ponerse un bikini amarillo y contemplarse en el espejo dijo a su imagen:

—Gracias, Niuyor. Tu velocidad hace la diferencia.

Su cara enarbolaba una sonrisa de oreja a oreja cuando salió al pasillo donde él ya la esperaba, alto y fornido en su bikini negro y rojo, con un pecho velludo y un pelo marrón y lacio que le caía sobre la frente.

Se zambulleron casi simultáneamente y nadaron de un extremo a otro de las piscina. Al cabo de hacerlo varias veces descansaron en un rincón. Él recuperó la broma:

—Jane nadar bien. Yo contento con ella.

A manera de respuesta, María Isabel se sumergió y nadó bajo el agua hasta otro rincón. "Qué suerte que me pasé la infancia en una piscina y en la playa, gracias, Mami", murmuró para sus adentros.

Estaba enamorada. Verlo y oír su voz había sido impactante, pero luego al hablar fueron descubriendo que ambos amaban la playa y los viajes al extranjero, las fincas de café, la música clásica y Nueva York. Los meses de junio y julio transcurrieron para ellos en el mar. Fueron mucho a Parguera y a Boquerón, a Cerro Gordo y a Dorado. Él acababa de pasar la reválida y quería un descanso antes de entrar a trabajar en McConnell y Valdés, una firma de abogados muy prestigiosa. Ella sólo quería oír su voz y verlo caminar sobre arenas doradas, ponerse la careta y las chapaletas mientras ella hacía lo mismo para irse a explorar los arrecifes de coral.

Fue en una playa que hicieron el amor por primera vez. Andrés la había invitado a hacer *camping* el fin de semana del 25 de julio, y tras algunas discusiones con sus padres éstos dieron su consentimiento.

—Son otros tiempos, Felipe —declaró Sonia, aunque no estaba muy segura.

Y añadió:

—Es un buen muchacho.

Felipe no estaba muy convencido, pero otro abogado en la familia no le parecía mal. El muchacho había almorzado con ellos el domingo anterior y lo juzgó serio e inteligente. Habían hablado de las industrias 936 y de cómo Felipe había expandido su negocio de importaciones. De acuerdo con el auge en la construcción de urbanizaciones y centros comerciales, Felipe había iniciado la importación de losas de piso italianas, de mármol y de cerámica. Además importaba bañeras, lavamanos y bidets de lujo para los condominios del Condado e Isla Verde.

—Hay que adaptarse a la demanda, hijo —dijo dándole una palmada en la espalda.

Era un buen chico después de todo, así es que Felipe terminó por retirar su negativa. Por tradición, él estaba supuesto a defender la virginidad de su hija, pero las costumbres de estos jóvenes de ahora lo obligaban a hacerse de la vista larga. Fue así como María Isabel y Andrés empacaron sus trajes de baño, una tienda de campaña, una estufa de gas, una olla y un colchón viejo que Sonia guardaba en el garaje. Lo enrollaron y lo amarraron con correas descascaradas que habían sido del padre de Andrés. Con poco más:

una compra de latas de sopa, pan de sandwich *whole-wheat*, jamón, quesos, platanutres y refrescos, salieron para Boquerón. Como aún era temprano cuando llegaron, consiguieron un espacio debajo de un almendro, no muy lejos de la orilla. Acostados en el colchón, veían el agua lamer la arena. Toda la noche, bajo una luna que iluminaba la playa casi como si fuera el foco de un parque de béisbol, sintieron las blandas olas acariciar los bordes de la playa. Andrés empezó besándole los pies y fue subiendo poco a poco, sin detenerse en su sexo, hasta llegar a sus senos. María Isabel sintió que con este hombre quería quedarse porque la trataba como si ella fuera de cristal finísimo y estuviera a punto de romperse en cualquier momento.

Andrés la amaba, pero tuvo que esperar a que ella se graduara de premédica en Columbia antes de que pudieran casarse. Sonia no quiso escuchar otra alternativa. No hubo posibilidad de diálogo.

—¡Después que me gradúe! —dictaminó alterada, alzando las manos abiertas sobre su cabeza.

Fueron tres años de trabajo duro por parte de ambos, ella para graduarse y él para establecerse como abogado y ganar lo suficiente para comprarse una casa. No quería regalos del suegro, dijo.

Fueron también tres años de sobresaltos amorosos, largas ausencias condimentadas con celos e incertidumbres, peleas ocasionales y reconciliaciones hilvanadas con juramentos. Andrés la visitaba en Columbia cuando podía e iban juntos al parque, al zoológico, a los teatros de Broadway, a conciertos en Lincoln Center y Carnegie Hall. Andrés se inquietaba al ver a los compañeros de clase de María Isabel, jóvenes inteligentísimos con objetivos muy precisos: la escuela de medicina, la especialidad, el internado. María Isabel lo tranquilizaba: ella lo amaba a él, ¡si ni siquiera tenía tiempo para mirar a otros hombres!

Finalmente se casaron un esplendoroso día de junio, escasamente dos semanas después de la graduación. María Isabel ya estaba encinta de tres meses y no convenía a los convencionalismos sociales el esperar más. Sonia se vio obligada a ceder y permitió la boda. A Felipe no le informaron del bebé en camino y aunque él se lo sospechara se hizo el loco. "Mejor no menearlo mucho", consideró. No se dio por enterado y a la hija le celebró una boda "como Dios manda". La ceremonia fue en la catedral de San Juan y la recepción en el Hotel Condado. Toda la alta sociedad de la capital, Ponce y otras ciudades de la isla estuvo invitada.

Lo malo era que María Isabel tendría que suspender sus estudios de medicina. Sonia no quería. Aconsejó a su hija que continuara y se ofreció a cuidarle el bebé. La habían aceptado en la escuela de medicina de Columbia, en Boulder, Colorado y en el Recinto de Ciencias Médicas de la Universidad de Puerto Rico. Andrés fue tajante: que no y que no. María Isabel entonces no quiso más complicaciones. Además, estaba tan extenuada después de cuatro años de estudiar mañana, tarde y noche, de horas largas en laboratorios abriendo gatos sumergidos en formaldehído para inspeccionar sus entrañas y memorizándose las características de los pajaritos de Mendel, que prefirió complacer a Andrés.

Nada de eso empañó la gloria del día de su boda. Sonia había viajado a Nueva York a mediados de mayo y le compró un traje de novia de tafeta de seda color marfil en Saks Fifth Avenue: mangas largas, talle de avispa, amplia falda que caía en suaves pliegues, corona de azahares y largo velo de tul. Desfiló del brazo de Felipe por la larga nave de catedral a los acordes del himno nupcial consagrado por la tradición y se sintió reina del universo. Todos los ojos, los de los invitados y los de los múltiples curiosos que se agolpaban en las escaleras y en las naves laterales, estaban puestos en ella. Se sintió realizada como mujer. Felipe, que pudo percibirlo, se conmovió tanto caminando junto a ella que se le aguaron los ojos. "Cosa rara en él", pensó Sonia, a quien no se le escapó el detalle. Ella también estaba feliz por su hija y se sentía arropada por un inexplicable bienestar. Cuando Felipe entregó la novia a Andrés Orsini, pensó: "los rituales son un lenguaje más poderoso que las palabras. Significan mucho más de lo que podemos entender".

María Isabel no pensó, vivió. El presente era tan absoluto que no dejaba lugar a la reflexión. La realidad de ese momento era un cuarto lleno de luz: sin contrastes, sin silueta, sin bordes definidos. En ese instante irrepetible Andrés era su príncipe azul y no podía ser de otra manera.

Durante la ceremonia celebrada por el Cardenal, un conjunto de músicos interpretaron piezas de Haendel y de Mozart. En el primer banco a la izquierda, doña Ernestina vivía un sueño. Ver a su nieta casarse en Catedral, aunque no fuera la de Ponce, constituía una de sus ambiciones más secretas. Ahora lo que había sido un sueño era verdad y se le hacía difícil percibir la diferencia. Probablemente en lo más íntimo continuara siendo más un sueño que una experiencia vivida. Rodeada de sus otros hijos y nietos, doña Ernestina era la indiscutible matriarca de la tribu. Unas horas más tarde, en el gran salón del Hotel Condado y entre millares de rosas blancas, doña Ernestina bailó con Andrés Orsini, con Felipe y con sus dos hijos varones.

—Parece que María José la trata bien; la vida en Ponce le aprovecha —la piropeó, divertido, Felipe.

Ella sonrió como una niña de quince y continuó bailando el vals con una agilidad asombrosa para sus años.

Al rato, doña Ernestina bebió copas de champán y hasta añadió unas palabras al discurso del brindis que un político amigo de Felipe había dado. Como pidió hablar le facilitaron un micrófono.

—Brindo por la felicidad de mi nieta y por la felicidad que habría sentido mi difunto marido don Pepe Sabater si estuviera con nosotros —dijo con firmeza y claridad.

Todos celebraron el que invocara la presencia de don Pepe y la audacia y soltura de la abuela al expresarse. Sus hijos, en especial, estaban estupefactos porque nunca la habían visto tan desinhibida y desenvuelta.

—En vida de Papá jamás la vi así —le comentó Juan Sabater a su hermano Ernesto.

Andrés Orsini, que apenas la conocía, le susurró a María Isabel:

—La viejita se las trae.

—Ya a su edad que haga lo que quiera —comentó la nieta.

En el fondo la llenaba de alegría que la abuelita se estuviera divirtiendo en su boda. Luego miró a Andrés y no tuvo duda de que así, vestido de frac, con su lacito y sus zapatos de charol, era el hombre más guapo del mundo. El cuerpo de Andrés la había enloquecido desde aquel primer día en la piscina de sus primos en Guaynabo, y el deseo por él no había cedido ni un ápice en los tres años transcurridos desde entonces.

La urgencia de cancelar cualquier otra consideración que no fuera su deseo duraría cinco años más. Fue la causa de que tuviera, sin tregua ni oportunidad de descanso, tres hijos corridos. El primero, que nació seis meses después de la boda, fue un varón de siete libras, lindo y fuerte como el padre. El segundo, que nació quince meses después que el primero, también fue macho e igualmente hermoso. Andrés no cabía en la ropa del orgullo que sentía. En las reuniones del Colegio de Abogados nunca fue mayor su prestigio ni más solicitada su participación en asuntos de monta. Cuando sus hijos cumplieron tres y dos años respectivamente, los llevaba consigo al colegio si por alguna razón debía ir a recoger algún papel o una firma indispensable a un caso. Los niños, vestidos igualitos e impecablemente por María Isabel, causaban sensación. Malcriados hasta el hartazgo por los abuelos, eran habladores y no cesaban de hacer preguntas. Legisladores, jueces y fiscales se divertían a costa de su inocencia y Andrés consideró que su vida era la mejor de las vidas posibles.

María Isabel no era de la misma opinión. Ya para los últimos meses de su tercera barriga el entusiasmo por el matrimonio comenzaba a disminuir. A pesar de sus escasos veintiséis años, se sentía cansada. Los dos varones eran tan inquietos y traviesos que la llevaban por el camino de la amargura, como dice el refrán. Al escuchar a su hija quejarse de los niños, Sonia la traía a la realidad:

—Debes dar gracias de que están sanos.

María Isabel asintió a sabiendas de que su madre tenía razón, pero el gusano de la discordia germinó sin remedio en los pantanos de las dudas que comenzaban a asediarla.

El tercer parto fue difícil. Rompió fuente a las nueve de la mañana y a las tres de la tarde todavía no daba a luz. Cuando la niña iba a nacer al cabo de tantas horas de dolores, María Isabel se desmayó. No hubo que darle soporíferos porque al salir la cabecita del bebé la madre dormía profundamente. Al despertar le trajeron a su nena, su nena preciosa a la cual amaría sin poder explicarse jamás el significado y alcance de ese amor. La abrazó llorando y la acunó en sus brazos por largo rato sin hablar con nadie. "No me molesten", le decía a Sonia y a Felipe, a Andrés y a los tíos y tías, quienes rodeaban la cama de hospital como parte de la ceremonia del arribo de un nuevo miembro de la familia. María Isabel no los miraba y ni siquiera se daba cuenta de que estaban allí y que tenía el cuarto lleno de familiares y de flores. Sólo tenía ojos para su hija y le cantaba, para acunarla, canciones que creía haber olvidado pero que Sonia reconoció. Le había cantado esas canciones a María Isabel cuando era recién nacida y ella ahora las recuperaba como si las sacara de los sótanos más oscuros del inconsciente. Esa tarde notó a su hija perturbada, pero nada le dijo y no lo mencionó ni a Felipe ni a Andrés. En la primera ocasión en que pudo estar a solas con ella, sin embargo, le preguntó:

—Dime, mi amor, ¿te sucede algo?

María Isabel se sobresaltó.

—No, claro que no. Mami, ¿verdad que es bella?

Y alzando a su bebita, que tenía en brazos, la mostró a Sonia. La madre no se dio por vencida.

—Te noto extraña. A mí no me puedes engañar.

—No importa, Mami, si tengo a mi hijita nada más importa.

María Isabel no podía fingir ante su madre y quería evadirse. Sonia no se lo permitió:

—¡Sí importa!

—Dime, dile a tu madre —insistió.

María Isabel miró al piso y al fin se atrevió a confesar:

—Quiero estudiar medicina. Tengo que ser doctora, ¡tengo! Cuando llevo a los nenes al pediatra lo acribillo a preguntas. Devoro las revistas científicas. En las fiestas persigo a los médicos para conversar con ellos sobre el comportamiento de los virus. Muero por usar un microscopio, por meterme en un laboratorio. Yo nací para eso, Mami, ¿me entiendes?

—Sí —dijo Sonia.

Lo dijo muy bajito, casi con miedo. Luego añadió, ahora con voz firme:

—Tienes todo mi apoyo. Tú decide lo que quieras hacer y yo te ayudo. Lo que sea, ¿okey?

María Isabel no esperaba esa fe ciega. Creyó que iba a recriminarla por sus pretensiones y que la obligaría a ceder ante las responsabilidades de una madre dentro del marco tradicional. Desconcertada, sólo pudo abrazarla y decir:

—Gracias, Mami. Si alguna vez lo logro será porque tú lo has hecho posible.

Sonia protestó:

—No, nena, no digas eso. Tú eres quien lo va a lograr; el mérito es tuyo porque la determinación es tuya.

María Isabel no estaba tan segura, mas prefirió callar.

—Es hora de darle el pecho a la beba —dijo sonriendo.

7

Todavía recuerdo lo que comimos en aquel almuerzo: hígado encebollado, arroz y habichuelas, ensalada de lechuga y tomate; y de postre casquitos de guayaba con queso blanco del país. Doña Julia me hizo todas las preguntas de rigor: qué estudias, cuántos niños tienes, cómo se llaman, quién es tu madre. Me di cuenta que pertenecía al mismo grupo social que mi padre, los hijos de comerciantes españoles, y me extrañó no haberla conocido antes o al menos haber oído hablar de ella en mi casa. Cometí la torpeza de comunicárselo y me respondió en un tono donde se transparentaba cierta amargura:

—Al casarme con Enrique abandoné ese mundo. Mi padre y Enrique no se llevaban bien.

Don Enrique se dio por aludido y se acomodó en el asiento antes de aclarar:

—Yo era un pelao, un pobrete comelibros para él.

Lo miré admirada y me gustó que se pudiera burlar de sí mismo. "Es señal de fortaleza", deduje.

Efectivamente, don Enrique era un hombre de un carácter muy fuerte. Me fui dando cuenta poco a poco que su persona era de piedra, con muros como los del fuerte San Cristóbal en San Juan. Tenía un hijo varón y dos hijas que estudiaban en el extranjero, una en México y la otra en España. Doña Julia se encargó de informármelo durante el almuerzo.

—Ambas estudian sus doctorados, una en sociología y la otra en antropología —añadió con mucho orgullo.

—¡Qué suerte tener un papá como usted! —se me escapó decir, y doña Julia sonrió divertida y don Enrique también, pero creo que fue una metida de pata mía porque al decir esto me identificaba con sus hijas y eso era terrible.

"Salió espontáneo y significa algo", me autoanalizaba después. "Soy una incestuosa", me repetía, "como Mirra, que se enamoró de su padre y se hizo pasar por otra mujer para deslizarse hasta el lecho del padre en la oscuridad. Cuando éste quiso saber quién era su desconocida amante y encendió una vela, reconoció a la hija y montó en cólera. Tan feroz era su enojo que quiso atravesarla con su espada". Recordé completito el pasaje de Las metamorfosis de Ovidio. ¿Sería eso lo que me atraía a este profesor? Yo tenía un padre excepcional que me adoraba y a quien yo adoraba. ¿Estaría sustituyéndolo para poder llevar a cabo mi gran pecado?

A don Enrique no pareció importarle mi comentario, pero ese día decidí callarme la boca y el resto del almuerzo transcurrió entre opiniones inconsecuentes y chismes de profesores, los cuales me aburrían de muerte. Me espantaba que gente tan culta y estudiosa fuera tan chismosa como cualquier comadre de barrio. Al rato pensé que doña Julia era una señora muy buena que no me interesaba en lo más mínimo. No se lo dije a don Enrique cuando me devolvió a la universidad para asistir a mi clase de química, pero la próxima semana, cuando nos vimos en su oficina, no me pude aguantar.

—Estás celosa —me aguijoneó, divertidísimo.

—¿De ella? ¡Jamás!

Me consideraba por encima de esa actitud, quise decirle. Don Enrique no me dio tiempo. Metió una mano debajo de mi falda y con la otra desabotonó mi blusa.

—No, Enrique, aquí no, protesté débilmente.

—Aquí y donde sea —suspiró antes de chuparme los pezones—. A pesar de que temía tocaran a la puerta y de que don Enrique me pedía que le bajara la cremallera de la braguera, me vine enseguida.

Según crecía nuestra bellaquera, por darle el nombre que le hubieran dado en los barrios populares de Puerto Rico a nuestra fiebre sexual, los encuentros en la oficina se hicieron más frecuentes, casi diarios, y regresamos a la carretera de Caguas en varias ocasiones. Al llegar a su fin el semestre no íbamos a tener excusas para vernos, sin embargo, y don Enrique se preocupó.

—Dejemos de vernos durante el verano—sugerí.

—No puede ser, me muero si no te veo, Sonia.

Entonces ideó el embeleco de invitarnos a Felipe, a mí y a los niños a su casa en Puerto Nuevo, en la playa de Vega Baja.

—No Enrique, es monstruoso, no puedo. Felipe se puede dar cuenta.

—¡Quiero conocer a tus hijos! —exigió.

Ahora que lo escribo considero que don Enrique era en verdad un monstruo. Su gran inteligencia lo colocaba por encima del resto de los mortales y pretendía hacer lo que le diera la santa gana y salirse con la suya. Y lo peor es que lo conseguía; lograba lo que se proponía sin pestañear siquiera y sin que los demás se dieran cuenta de lo que les había sucedido.

En aquel entonces yo no me daba cuenta. Me asustaba su audacia y poco más; mi lado oscuro accedía a su pasión por ese toque de perversión con que él la condimentaba. Finalmente fuimos a la casa de playa, trepada en socos sobre el agua y muy bonita, de maderas blancas y balcón alrededor, mirando al mar. A la derecha estaba la curva de arenas doradas y me fui con los niños a zambullirme en sus aguas azul turquesa. Ellos reían encantados con la novedad, pues nunca antes habían estado en una playa así, una especie de balneario al estilo de los años entre 1930 y 1940. Nadamos los tres juntos por un buen rato y caminamos hasta la punta para ver las olas fuertes batir la roca porosa. Recuerdo que por una esquina de la playa nos encontramos una estrella de mar varada entre unas piedras. Antonio quería que nos la lleváramos a casa y aproveché para mostrarle las partes de tan extraordinario animal y enseñarles a respetarlo. Lo devolvimos al agua y enseguida se hundió y se escondió en la arena del fondo.

—Ahora está feliz —les señalé— y eso es lo más importante.

Desde la playa podía ver a don Enrique y a Felipe sentados en el balcón con tragos de whisky en las manos. Le hice señas a Felipe para que bajara y cuando al cabo de un ratito lo tuve conmigo y los niños nadando en aquel azul incomparable, me comentó:

—Es un tipo bien listo. Será un intelectual, pero los negocios no le son extraños. No es pobre en lo absoluto, Sonia. Ha acumulado tremendo capital y con la herencia de la esposa ha comprado un montón de propiedades. Si dice que es socialista será de la boca para afuera.

Yo ignoraba toda aquella información que tan prontamente Felipe adquiriera. "Los hombres se entienden de otra forma; usan otro lenguaje unos con otros", reflexioné, pero sólo dije:

—Todos los profesores de la universidad son socialistas, en especial los de Humanidades y Sociales, porque son ideas adelantadas que promueven el bienestar de la humanidad.

Dije eso porque era lo que se estilaba en aquellos años y también porque era lo que había escuchado que se decía, pero Felipe se mofó de mi discurso diciendo:

—¡Ja! Con la boca es un mamey.

Luego trepó a María Isabel a caballo sobre sus hombros y pareció olvidar el asunto. Me di cuenta de que Felipe sentía desprecio por mi profesor de historia y entonces no entendí exactamente por qué. No pude preguntarle más porque don Enrique caminaba por el borde de la playa en dirección a nosotros. En su traje de baño, de pantalón azul a medio muslo, lucía guapísimo a pesar de sus cincuenta años cumplidos. Todavía estaba duro, el torso fuerte y los brazos musculosos. Su pelo abundante salpicado de canas le imprimía distinción y el bigote ancho y canoso también contribuía a ese efecto. Llegó a nuestro lado y se puso a jugar con Antonio. Bien se veía que hacía un esfuerzo por ser amable, pero como la situación se me hacía difícil, me alejé de ellos para nadar un poco en la parte más profunda.

—Ten cuidado —me amonestó don Enrique cuando vio me alejaba. Le faltó poco para decir mi amor. El tono de su voz transparentaba una preocupación fuera de lo normal.

—No puedo con él —pensaba mientras nadaba de un lado a otro de la playa, protegida de las grandes olas por el arrecife—. ¿No se da cuenta del peligro?

Salí del agua por otro lado y me dirigí a la casa. Doña Julia me recibió cariñosísima.

—¡Qué lindos son tus nenes! ¡Qué suerte tienes!

Algo en su voz me extrañó y pregunté:

—¿Y usted no ve a sus nietos a menudo?

Dije eso porque me había dicho que su hijo, que era el mayor, tenía un varoncito y una nena también. Doña Julia puso cara compungida.

—No mija.

Luego aclaró:

—Yo los veo de vez en cuando, yo sí, aunque Enrique no.

La miré sorpendida:

—¿Cómo así?

Entonces me explicó que hacía dos años que padre e hijo no se hablaban. Habían tenido una pelea por asuntos económicos, explicó. Ella no sabía mucho de estas cosas, pero era un negocio que el hijo quiso montar. El padre se negó a ayudarlo.

—Enrique piensa que él es el único que puede tener razón. No le da oportunidad al muchacho.

—¡Ah! —reaccioné, y no quise decir lo que pensaba: la contradicción de este señor, que en el salón de clases quería que todos manifestaran sus ideas y en su propia casa era otro cantar.

—¿Usted piensa que don Enrique se equivoca? —me atreví a preguntar.

—No se lo comentes, nena, pero creo que debió darle una oportunidad al hijo. Él sólo quería montar una gasolinera. Juan Enrique lo resiente terriblemente y no quiere saber del padre. No quiere ni verlo. En vez de darle ánimo, el padre le cortó las alas.

—¿A las hijas les ha hecho lo mismo?

—No. A ellas las anima, pero es que ellas son estudiosas como él. Enrique hubiese querido que el hijo estudiara otra cosa: literatura, historia, hasta ciencias como tú, ¡pero no comercio!

No se sentía orgulloso entre sus compañeros al decir que el hijo estudiaba comercio. ¡Se avergonzaba!

—¿Entonces Juan Enrique no se parece a su padre?

—Sí se parece. Muchísimo. Demasiado.

Al decir ésto doña Julia se llevó el dedo índice a los labios:

—¡Sh! No se puede decir.

Y añadió bajito y velando que no viniera don Enrique:

—Mira, para ver a mis nietos tengo que hacerlo a escondidas.

Su pena se me quedó clavada en el corazón, pero no le conté a Felipe durante el viaje de regreso a Monteflores. Quise contárselo, pero dudé pues sentí que le debía lealtad a doña Julia. A don Enrique tampoco se lo comenté cuando nos vimos una semana después. Yo como que no quería verlo, pero me llamó tan insistentemente por varios días que tuve que acceder. Sólo llamaba de diez a once de la mañana, cuando sabía que Felipe estaba en su oficina, y hablaba sólo si escuchaba mi voz. Si contestaba Antonio, María Isabel o alguna de las sirvientas, no hablaba. Cuando oía a Antonio con su vocecita terca decir aló aló al audífono sin recibir respuesta, yo sabía de quién era la llamada.

Pues accedí y nos encontramos en los matorrales al otro lado de la avenida Ponce de León, donde yo solía dejar mi Ford azul cuando asistía a clases. Allí me esperaba a las diez en punto en su Buick *azulmarino. Enfiló hacia la carretera de Caguas tan pronto entré al carro y no quise comentar la infor mación que me dio doña Julia. Algo debía decirle sin embargo y comenté, haciéndome la que no sabe nada:*

—Y tu hijo, ¿por qué no lo he conocido?

Don Enrique puso cara de pocos amigos.

—Ése no cuenta. Ni lo menciones.

El tono de su voz era tan duro que me asusté, pero el susto me duró poco. Como si hubiera anticipado mi pregunta, o quizás porque me había visto hablando con doña Julia y la conocía, don Enrique tenía una sorpresa para mí:

—Mira lo que te traje —dijo poniéndome un paquete en la falda.

Abrí el regalo envuelto en papel rojo y coronado por un lazo plateado, y me encontré unos libros que habíamos discutido en varias ocasiones. Uno de ellos, la edición original de La guerra hispanoamericana, *de Ángel Rivero, era difícil de conseguir. Abracé los libros emocionada:*

—Enrique, ¿para mí?

Asintió y entonces tuve que besarlo allí mismo aunque chocara, aunque termináramos en el fondo de un precipicio.

—Nos matamos, mi chula, pero eso qué —dijo chupándome los labios. Su mano derecha abandonó el volante y me acarició el sexo mientras repetía:

—Estás buena, buenísima.

Ese día nos acometimos uno al otro con especial ferocidad, no sé si por lo que el regalo significaba o por lo que el conocimiento de nuestras respectivas familias añadía a la dimensión prohibida de la relación. Hicimos el amor hasta tres veces y terminamos rodando por el piso.

—Lo bueno de este lugar es que uno puede gritar todo lo que quiera —dije divertida. Como parte del ritual erótico nos detuvimos a hojear el libro de Rivero e inspeccionamos los detalles de las fotos.

—¡Qué lindos los uniformes de los soldados españoles! —comenté.

—Pareces una nena chiquita —dijo él mordiéndome una oreja.

Aquel hombre tierno no parecía el mismo hombre duro que doña Julia describía. "Ella sabe lo que dice", pensaba, sin embargo, y algo frío e implacable había en él que me había contagiado con su actitud de naturalidad hacia nuestra relación adúltera. Si de pronto me parecía que palpaba la costra seca y espinosa de su espíritu, era tan diestro en la manipulación de mi percepción, que me daba vueltas hasta hacerme torcer de rumbo.

La próxima vez que nos fuéramos a ver, insistió ese día, quería llevarme a su casa de playa en Vega Baja. No podía creerlo.

—Te quiero allí, en mi casa y en mi cama —me susurró al oído.

No sólo fuimos a Vega Baja e hicimos el amor en su casa de playa, sino que tuvo que ser en la cama de doña Julia. Primero en la cama de él, luego en la de doña Julia, luego en el sofá de la sala y más tarde en el comedor.

Quiso que me sentara desnuda en la silla de cabecera—.

—Te ves tan bella ahí —dijo— con el mar detrás.

Y efectivamente, las puertas que daban al balcón estaban abiertas de par en par cuando me senté frente a la mesa.

También estaban abiertas las ventanas de los lados y protesté:

—Pero amor, desde el malecón me van a ver los senos.

—¡Qué importa! —dijo entusiasmado— y me abrazó por detrás, desnudo él también. Me acariciaba los pezones mientras miraba hacia la playa y el malecón. Pensé iba a pedirme que saliera desnuda al balcón, pero en ese punto su atrevimiento erótico entraba en conflicto con su instinto posesivo y no lo hizo. Así desnudos pelamos unas yautías y las pusimos a hervir porque teníamos los estómagos ardiendo *de hambre. Al ratito, aún desnudos, nos sentamos en el comedor a comerlas, con las puertas del balcón abiertas y las ventanas a ambos lados también. Por suerte, como era un martes al mediodía no había gente en la playa. Si hubiera sido un sábado o un domingo no habría podido ser. Cuando fui a echarle aceite de oliva a las yautías que tenía sobre mi plato, me di cuenta que la lata era una marca que distribuía mi padre. Empecé a reírme mientras señalaba la lata:*

—¡Aceite Antequera! ¡Puro de oliva!

Don Enrique no entendía mi risa descontrolada y le expliqué el detalle. No le pareció muy gracioso y no lo era en realidad, pero de alguna manera yo tenía que burlarme del absurdo de toda la situación. Era una especie de desahogo. Era como el que está encerrado en una jaula y ríe para no llorar. O para llorar después. Don Enrique sólo logró decir, aturdido:

—Siempre he usado ese aceite. Es el mejor.

Tuve que reír de nuevo porque la escena parecía un anuncio comercial de televisión y comenté, con una malevolencia que desconocía en mí misma:

—Gracias. Comentarios como los tuyos ayudaron a construir la casa donde viven mis padres.

A don Enrique le divirtió mi comentario, aunque no dejó de percibir el tono sarcástico con que involuntariamente había cargado mis palabras.

Ese día, soleado y caluroso, no quiso nadar conmigo. Se quedó en la casa velándome desde el balcón mientras yo, con un modesto traje de baño, negro y de una sola pieza, nadaba de un lado a otro, de la entrada a la ensenada. Después de hacer el amor, sentía el ejercicio de nadar como una purificación. Desde lejos don Enrique me miraba embelesado y concluí que era porque no sabía nadar. Al regreso le pregunté y me lo negó:

—Me mantengo a flote, pero no puedo seguirte.

Luego explicó que se había criado en la montaña y que había conocido el mar a los quince años, cuando bajó a la costa a estudiar.

—Ya era muy tarde para que el mar formara parte de mi respiración.

Fue contundente y no insistí, pero sospeché que le tenía, si no miedo, respeto casi mítico al mar. No formaba parte, como él muy bien señalara, de su constitución espiritual. A mí y a mis hijos y también a Felipe, por el contrario, nos había moldeado el carácter. La casa de playa en Puerto Nuevo, en Vega Baja, el frente en socos sobre el agua y la parte de atrás pegada al malecón, debía ser una herencia de la familia de doña Julia. Los españoles y sus descendientes en Puerto Rico habían conservado por décadas la costumbre española de veranear. Una casa de campo o de playa eran indispensables en ese mundo cerrado. Si no podían tenerla en la península española o en las Baleares, la tenían en Puerto Rico, y a veces en ambos lugares. Ya últimamente no era tan común; la gente adinerada comenzaba a comprar casas en las urbanizaciones junto a los grandes hoteles como Dorado Beach, en Dorado, y El Conquistador en Fajardo. La clase media soñaba con vacaciones en Disneyworld en Orlando, Florida, y los más pobres visitaban parientes emigrados a las grandes ciudades norteamericanas. "En Barranquitas antes había casas de veraneo, allá en lo alto de la Cordillera Central, para huir del calor", recordé. Mi familia siempre había utilizado, por supuesto, la casa de los abuelos maternos en Adjuntas. Es el lugar preferido de mi padre, pensé ese día y al escribirlo me duele el pecho porque mi padre se me fuera así, tan pronto y sin aviso.

Pero en aquellos días aciagos de mi relación con don Enrique mi padre estaba "como coco" todavía y el domingo siguiente, cuando fuimos a almorzar a la casa de Miramar, le pregunté por las costumbres de veraneo de los españoles.

—Los mallorquines en Puerto Rico y sus descendientes son los más tercos, preciosa. Ésos no fallan un verano en Mallorca.

Y añadió, divertido:

—Está supuesto a ser aristocrático.

También le pregunté a mi padre sobre la familia de doña Julia. Sí, conocía a don Ángel Eche-

garay, trabajador como pocos, dijo, y no pudo resistir un colofón:

—¡Acumuló un buen capital!

Felipe me miró como quien dice "Te lo dije" y no quise preguntar más por evitar que mi interés despertara sospechas.

A la semana siguiente, cuando pude encontrarme de nuevo con don Enrique, tuvo una idea descabellada. Doña Julia viajaba dentro de pocos días a España a visitar a una de sus hijas y él quería aprovechar para que fuéramos a su casa de Dos Pinos. Yo reaccioné espantada:

—Y los vecinos, ¿qué dirán?

—Ni cuenta se van a dar. Y si nos vieran, están acostumbrados a ver estudiantes entrar a las casas de los profesores. En general, cada cual vive encerrado en su casa, envuelto en sus neuras particulares. ¿No has visto las calles vacías?

—Son calles muy hermosas —dije al recordar los grandes árboles de la calle Minerva—. Me gusta la franja de grama entre la acera y la cuneta.

Por inercia, o tal vez porque yo ya estaba irremediablemente corrompida, mi negativa no tuvo éxito y a la semana siguiente su Buick azulmarino me esperaba en el mismo lugar. En vez de virar para Caguas tomamos la avenida Barbosa por detrás de la universidad y viramos a la derecha para tomar la avenida Piñero. Justo frente al residencial público Manuel A. Pérez donde vivían los pobres más pobres de Río Piedras, viramos de nuevo a la izquierda, por la calle López Sicardó, para entrar a Dos Pinos. Los espacios de Río Piedras no me eran familiares desde la infancia porque Miramar y Santurce no miraban hacia allá. Sólo miraban hacia San Juan, España y los Estados Unidos. Si acaso, a veces miraban hacia los campos cafetaleros o las haciendas y centrales de caña de azúcar. Río Piedras era como si no existiera. Un año en la universidad me había familiarizado algo, pero siempre me sentía casi extranjera, como aquel primer día que estacioné mi Ford azul en el matorral y caminé por la Avenida de las Palmas Reales frente a la torre. Dos Pinos era una urbanización que desconocía y encontraba extraña su ubicación.

—Y allá, donde están aquellos árboles de mango, ¿qué hay? —pregunté a don Enrique cuando entramos por una calle.

—Ése es otro residencial público, de apartamentos subsidiados por el Estado. Se llama como la calle: López Sicardó.

—¿Quieres decir que esta urbanización de profesores tiene un residencial público a su izquierda y otro a su derecha?

—Sí, claro. ¿Y eso qué?

Su voz sonaba agresiva.

—No, nada, sólo preguntaba —respondí amedrentada porque sabía que me iba a acusar de tener prejuicios burgueses y no era eso, sino que me estaba raro.

Entramos a su casa por la puerta de enfrente, que tenía un techito de tejas para protegerla. Era una casa espaciosa con un jardín interior y muebles antiguos en la sala, la misma donde me había sentado aquella vez que fui a almorzar, e iba a preguntar si habían sido de la familia de doña Julia. No me dio tiempo. Me tomó la mano y me condujo al dormitorio principal, que nunca había visto. La cama tenía dosel de encaje y las columnas salomónicas y el espaldar eran de caoba puertorriqueña. Reconocí la cama porque se parecía a la cama de mis padres y a las que mis abuelos tenían en la hacienda de Adjuntas.

—Aquí te quiero contemplar —me dijo con inmensa dulzura y me hizo acostar vestida como estaba sobre la colcha de medallones tejidos. Primero me quitó los zapatos y luego me desabotonó la blusa y me quitó los pantis dejándome puesta la minifalda de mahón, y no se acostó junto a mí hasta que hubo besado cada pedacito de mi cuerpo.

—Tienes la piel como un albaricoque —creo recordar que dijo.

Ese día me metí una almohada en la boca para que los vecinos no escucharan mis gritos.

Fue sólo después de varias horas retozando en la cama que nos metimos en la biblioteca a ver sus libros de historia. En medio de nuestro desenfreno erótico nos habíamos enfrascado en una discusión y era crucial comprobar nuestros respectivos puntos de vista. Finalmente tuve que aceptar, tras revisar varios libros, que el Partido Nacionalista había cumplido un rol decisivo en la Historia de Puerto Rico. Se me hacía difícil entenderlo porque jamás ni mi padre y ni siquiera mis abuelos lo mencionaron. En casa de mi familia era como si Albizu Campos no hubiera existido. A fin de cuentas, pensé, era por sentirme extranjera en mi propio país e ignorante de nuestra Historia que estaba allí. La vida es un laberinto de recovecos, pienso hoy cuando escribo. En aquellos años de quererlo saber todo daba vueltas a ciegas. Aunque no me arrepiento, eso no. A pesar de lo que me sucedía e iba a suceder, era necesaria la experiencia y era importante el conocimiento que estaba adquiriendo. Eso nunca lo puse en duda.

8

—No es justo —dijo Andrés.

—Tienes razón, pero tampoco es justo que me frustre profesionalmente.

—Te necesito, María Isabel. Te amo; te lo he dado todo.

—Lo sé. Lo siento. Yo también te amo, pero no me resigno.

—Eres una niña malcriada, acostumbrada a la abundancia y a que acudan corriendo de todos los rincones a complacer tu más mínimo capricho.

María Isabel tembló al percibir el resentimiento que chorreaban las palabras de Andrés. También se estremeció porque reconocía la verdad esencial de lo que él señalaba. Aunque no podía conformarse. Todavía esperó un año más mientras su bebita se criaba sana y hermosa, pero al cabo volvió a confrontar a Andrés.

—Pensé que habrías desistido —dijo él sentado en el borde de la cama y con las manos sobre las sienes. Eran las doce de la noche y antes de apagar la luz, luego de ponerse una bella camisa de dormir de seda y encaje y luego de comprobar que sus hijos d___ María Isabel había dicho:

—En agosto regreso a la universi___ matriculé en el Recinto de Ciencias Mé___ versidad de Puerto Rico.

Había calculado que André___ tar su decisión. Conocía otras espo___ estudiaban o que ya eran profesió___

la instalo___
los ubicaro___

La reacción de Andrés no fue violenta. Ni siquiera la acusó, como había hecho la primera vez, de ser una niña malcriada.

—¿Sabes lo que significa estudiar medicina? Te tendrás que entregar en cuerpo y alma a las conferencias y los laboratorios por lo menos durante cuatro años y después a los hospitales en turnos de veinticuatro horas o más.

—Lo sé.

—No podrás ser madre de tus hijos y cuando termines ya habrán crecido.

—Pienso verlos lo más posible. Hablé con mi madre. Ella se ocupará de ellos.

—No podrás ser mi esposa, María Isabel.

Sonaba desolado. No podía creer lo que le estaba sucediendo.

—Perdona, Andrés, no puedo sacrificarme por ti.

Fue honrada y él, a pesar de su rabia, lo agradeció. Esa noche quedaron en divorciarse por consentimiento mutuo, pero luego, acostados uno al lado del otro, daban vueltas inquietos y sin poder dormir. María Isabel sintió que se le debilitaba la voluntad y comenzó a llorar. Andrés aprovechó para abrazarla e hicieron el amor para que se les aliviara el dolor que tenían clavado en el centro del pecho. Durmieron abrazados, pero temprano a la mañana siguiente María Isabel comenzó a empaquetar la ropa y los juguetes de los niños.

—Me mudo el jueves a casa de mis padres.

Lo dijo tranquila y sin emoción y Andrés no supo qué responder. Se fue a la oficina sin desayunar al ver que María Isabel proseguía su trabajo sin prestarle atención. Al rato ella reunió a las empleadas para informarles: la que cocinaba, lavaba y planchaba se quedaba con el señor; la que limpiaba la casa y ayudaba con los niños se iba a Miramar con la señora. A ellos sólo les dijo:

—Nos vamos a casa de abuela.

Sonia recibió a su hija con los brazos abiertos y ⸺ en su antiguo dormitorio. A los varoncitos ⸺ en un tercer dormitorio que había sido de huéspedes en los tiempos de don Pepe Sabater y a la bebita la pusieron en el dormitorio que había sido de Antonio.

—Es lo bueno de las casas grandes —dijo Sonia radiante de felicidad—, siempre hay sitio para uno más.

Los varones no parecieron darse mucha cuenta del cambio porque tenían sus juguetes, su televisor, la misma niñera y ya conocían cada rincón de la casa de los abuelos. El patio de atrás, con el gran árbol de mango y los columpios, había sido su lugar favorito desde que pudieron dar sus primeros pasos, así es que ese día, tan pronto llegaron a la casa de Miramar, los niños corrieron a la chorrera y estuvieron hasta el atardecer subiendo la escalera y deslizándose por la rampa. Cargando para todas partes con la bebita al hombro, María Isabel se aseguró de que el jardinero de su madre velara a los varones mientras ella organizaba las habitaciones. La niñera pasó a ocupar uno de los cuartos de empleados que había en la casa, ubicados encima de los garajes. Sólo uno de ellos había estado ocupado recientemente, pues Sonia sólo tenía una empleada que se quedaba a dormir. Ambas habitaciones compartían un baño.

Asomada a la ventana del cuarto de la niñera, María Isabel contempló a sus hijos jugando abajo en el patio y recordó su propia infancia. Una vez más los niños de la familia eran trasladados a esta casa, como Antonio y ella habían sido mudados aquí desde Monteflores. Las circunstancias eran diferentes, pero el efecto de vivir en este lugar antiguo donde se habían criado sus padres y sus abuelos tenía el efecto de establecer unos vínculos emocionales profundos; se trataba nada más y nada menos que de los espacios de la infancia. "Es innegable que estos espacios proveen seguridad y continuidad", pensó. Para ella al menos eso era lo que significaban. Ella, su madre y su abuelo habían jugado en el mismo patio y conocían la corteza de aquel árbol de mango como si se tratara de la piel de un familiar. El aroma de sus frutos era único en el mundo e insustituible. María Isabel suspiró hondo y se sintió tranquila.

Una vez bien organizada, todo lo demás fluiría, como un tren sobre rieles. No le hacía falta su casa de Guaynabo. Era una casa nueva, de esas comunes y corrientes que abundaban en las urbanizaciones, y aunque sus espacios eran cómodos, no se relacionaban unos con otros en proporciones armoniosas y elegantes como aquéllas a las que estaba acostumbrada. El patio no era amplio, sólo un poco de grama al frente y otro poco, con arbustos, atrás; los vecinos estaban casi pegados y no había árboles alrededor. Además, los techos eran bajos; no como los de la casa de sus padres y abuelos, donde era necesario estirar bien el cuello para ver los mosaicos del friso que desplegaba sus arabescos allá en lo alto, entre el plafón y las paredes.

—¡María Isabel! ¡Llevo rato llamándote!

Ensimismada como estaba, no había escuchado a su madre y bajó las escaleras rápidamente gritando ¡Voy! Sonia la esperaba en la biblioteca con un audífono en la mano y se lo entregó diciendo:

—Es Andrés.

Respiró hondo varias veces antes de decir:

—Hola, Andrés.

Quedaron en que él se quedaría con la casa de Guaynabo y con los muebles y que le pagaría a ella una mensualidad para sus gastos y los de los niños.

—No me gusta pedirte dinero, Andrés —dijo María Isabel aguantando las ganas de llorar—, pero sabes que Papá no quiere saber de este asunto y si voy a estudiar no puedo trabajar. Cuando me gradúe y monte mi oficina será distinto.

Efectivamente, cuando Felipe llegó a su casa y encontró instalados en ella a su hija y a sus tres nietos, estalló en cólera:

—¡Que se vaya a casa de su marido! —repitió varias veces.

Sonia se le enfrentó:

—De ninguna manera —dijo tranquilamente— ésta es mi casa y fue la casa de mi padre y de mi abuelo y aquí mando yo.

—¡Mi hija se queda! —concluyó de manera tajante.

Cabizbajo y meditabundo, Felipe acató la voluntad de Sonia pero no quiso ayudar a su hija en los arreglos del divorcio. Fue Sonia quien consiguió un abogado y se ocupó de acompañar a su hija a la corte y de defender sus intereses económicos.

—Aclara que Andrés pague la educación de sus hijos. Aclárado, nena, porque muchos hombres puertorriqueños no quieren responsabilizarse económicamente por los hijos luego del divorcio.

Tuvo que estar muy claro entonces para que Sonia permitiera que María Isabel firmara; sólo al cabo de varios meses y múltiples revisiones firmó y volvió a sentirse libre. No tenía nada contra Andrés; ella lo comprendía perfectamente; quizás en su lugar ella habría hecho lo mismo. Él necesitaba una esposa y ella quería ser doctora. Por su bien, era preferible que se buscara otra mujer.

Y así fue. A los pocos meses del divorcio Andrés ya andaba por los restaurantes y los teatros de San Juan acompañado de una bella joven. Al enterarse de la relación a María Isabel le dolió, pues aunque entendiera las urgencias masculinas, ¡no tenía que ser tan pronto! Tal parecía le daba igual una mujer que otra. Aturdida y furiosa con sus propias emociones, María Isabel se sumergió en los estudios y no quiso hacer otra cosa que estudiar por espacio de cuatro años. Durante ese tiempo su vida se entretejió con conferencias y laboratorios y los pocos ratos de ocio los dedicó a sus hijos. Los varones crecían fuertes y voluntariosos y cuando María Isabel terminó su cuarto año ya estaban bien encaminados en la Academia del Perpetuo Socorro y la bebita estaba en *kindergarden*. Andrés buscaba a sus hijos los domingos y a veces, por invitación de Felipe, se quedaba a almorzar. Nunca se atrevió, claro está, a llevar a la nueva mujer de turno a la casa de Miramar. Según los rituales de la tradición familiar, se sentaban en el balcón de enfrente a eso de las once de la mañana a tomar un jerez y hablaban de negocios mientras los niños revoloteaban a su alrededor. Felipe gustaba de sentar a la nietecita, que ya tenía cinco años, en su rodilla. Era la niña más bella y graciosa del mundo; al menos eso pensaba el abuelo y Sonia lo dejaba envolverse en su fantasía patriarcal. Le concedía esa ilusión de poder porque lo amaba. También lo hacía por respeto a la memoria de don Pepe Sabater. Extrañamente, don Pepe seguía funcionando como una especie de brújula en la casa donde vivió toda su vida.

Aquellos domingos se prolongaban hasta las cuatro o las cinco de la tarde y a veces a Sonia le parecía que todo quedaba igual. Por deferencia a los niños, sus padres se comportaban como si no hubiera pasado nada y, como según la leyes milenarias de la estructura familiar, verdaderamente era poco lo que había sucedido, los domingos fluían como fluyen los ríos por sus cauces antiguos. Andrés se despedía besando con mucho amor a sus tres hijos y a menudo se los llevaba a pasear o los llevaba al cine. Una tarde quiso llevarlos al Parque de las Ciencias de Bayamón para que vieran los animales, dijo, e invitó a María Isabel a que los acompañara. Ella dijo que no:

—No gracias, debo estudiar.

Los niños protestaron:

—Sí, Mami, ven, dicen que hay un mandril.

Tuvo que ceder a los ruegos de sus hijos y así fue como la familia completa terminó aquel domingo fuera del tiempo, contemplando absorta el culo pelado y color rosa de un antepasado que se paseaba, inquieto, de lado a lado de una jaula. María Isabel recordó los mandriles que Andrés y ella solían ir a ver en el Zoológico de Nueva York y le explicó a los niños algunas costumbres de aquellos animales.

—Cuando viven en grupos, y así es como normalmente viven, se sacan los piojos unos a otros. Es una forma de demostrar cariño.

—¿Las panteras negras también viven en grupos, Mami? —preguntó la nena.

—No, las panteras viven solas.

—¿Por qué?

María Isabel rió. No tenía explicación.

—No sé, mi amor, Cada especie tiene su par
ticularidad. Los grandes gatos son solitarios.

Andrés la miró cuando dijo eso y al rato, cuando
los niños se alejaron jugando, María Isabel le preguntó:

—Y qué, ¿cómo te va con la nueva novia? ¿Si-
gues con ella?

Andrés asintió sin mucho entusiasmo y optó por
responder con otra pregunta:

—¿Cuándo te gradúas? Pronto, ¿no?

—Ahora en mayo. Espero asistas a la graduación.

Andrés se sentó en un banco y fijó la mirada
en el vacío:

—¿Quieres que asista al triunfo de mi rival?

—Eres injusto, Andrés.

—Siempre me dices eso, pero yo hago, como
todo el mundo, lo mejor que puedo.

María Isabel suspiró:

—Sí, supongo que sí.

Ella hacía un esfuerzo por comprender, pero
no podía evitar sentirse terriblemente sola. "Como las
panteras negras", reflexionó.

Desde ese día, cada vez que se sentía varada en
el fondo del pozo de la soledad la imagen de la pantera
regresaba a su mente. Claro que tenía la compañía de
su madre, quien era una aliada incondicional, pero
había algo distante e indescifrable en su madre. De
Felipe ni hablar: para su padre María Isabel seguía
casada con Andrés Orsini. Y para colmo, Antonio se
había quedado a vivir en California. Trabajaba en un
laboratorio del gobierno y hacía su vida entre San Francisco y Berkeley. Las navidades anteriores, cuando
había venido a pasar nochebuena con la familia, había traído consigo a una novia rubia de ojos azules
que parecía una barbidol.

—No es que no me guste, Antonio —protestó
María Isabel— ¿pero rubia platino?

Antonio rió con las ocurrencias de la hermana
y sólo dijo:

—Te entiendo, pero es que allá todo se ve distinto. Allá no me había dado cuenta de lo que dices.

—¿Y ahora lo ves?

—Sí.

—¡Válgame! Bueno. Además, casi no habla.

Antonio iba a decir que no hablaba porque no entendía español y nadie se preocupaba por hablarle en inglés, pero lo consideró inútil y no se molestó. De hecho, a la americanita nadie le hacía mucho caso y al cabo Antonio tuvo que regresar antes de lo planeado porque ella se quejaba de maltrato.

—¡Qué horror! ¿No ve cómo la alimentamos? ¡Malagradecida! —dijo Sonia espantada cuando Antonio le informó que debía irse y las razones para ello.

—No hay manera. Nuestras razas no se entienden —dictaminó Felipe al enterarse.

—Oye, chico —le advirtió al hijo durante la despedida— la próxima mejor que hable cristiano.

Antonio abrazó a su padre como quien estrecha lazos de comprensión y consentimiento, pero nunca se sabía. Ese país inmenso y poderoso tenía su manera de cambiar a la gente, pensó Sonia, y sintió temor de perder al hijo.

—¿Por qué no vuelves a casa? —le dijo al darle un último beso.

—El día menos pensado —respondió Antonio torciendo una sonrisa—. Nunca se sabe.

Nunca se sabía. No, al menos eso nadie lo ponía en duda. Como la soledad de las panteras, pensó María Isabel. No entendía el malestar que había germinado en su corazón y se enroscaba a sus articulaciones como una enredadera. Allí estaba instalado y su amarre le producía un sabor amargo en la boca.

Finalmente llegó el día de la graduación en el Teatro de la Universidad de Puerto Rico en Río Piedras y toda la familia, hasta Andrés, asistió. María Isabel creyó sentirse feliz pero no pudo eliminar el malestar que le forraba la punta de la lengua. Lloró al abrazar a su madre y lloró al abrazar a Andrés Orsini. Todo le parecía un sueño. El orador principal de la actividad, Richard Leaky, hijo del antropólogo que descubrió el fósil de uno de los homínidos más antiguos, el *Australopitecus Africanus*, habló de los orígenes comunes a todos los seres humanos que habitan el planeta. Hizo un llamado a los graduandos, apeló a su sensibilidad científica, a la responsabilidad que conllevaba el privilegio de su esmerada educación y el manejar tanta información. Era urgente proteger el medio ambiente porque es parte inseparable de nuestra especie, insistió. Todos los presentes lo escucharon atónitos y quedaron aterrados ante sus predicciones apocalípticas si no poníamos freno al desarrollo industrial indiscriminado.

María Isabel escuchó todo como si viviera una fantasía de su inconsciente y fue sólo algunas semanas más tarde, cuando estaba de turno en la sala de emergencia del Centro Médico, que recuperó el sentido de la realidad. Un joven acribillado a balazos entró grave a la sala. Le pusieron respirador artificial y lo enchufaron a cuanta máquina pudieron, lo operaron para sacarle las balas que le habían perforado los pulmones y el hígado; María Isabel y varios compañeros lucharon durante horas. Fue inútil. El joven expiró sin recuperar el conocimiento. Entonces María Isabel sintió que volvía a poner los pies sobre la tierra. Se trataba de esto. De nada más. Esa noche, de regreso a su cama y a oscuras, lloró hasta el amanecer al darse cuenta de que al luchar contra la muerte sentía la satisfacción que hasta ahora se le había escapado de las manos. Ésa era su única verdadera vocación.

Fue durante ese primer año en el Centro Médico que conoció a Héctor. A veces coincidían en el turno y debían trabajar hombro con hombro en las emergencias de las heridas de gravedad, ya fuera a causa de accidentes automovilísticos o como consecuencia de las guerras de narcotraficantes. Héctor había estudiado en una universidad norteamericana, pero hacía su primer año de práctica en Centro Médico.

—¿No pensaste quedarte allá?

—¿En Georgia? No.

—No sabía que hubieras estudiado en Atlanta. Nunca he ido.

—Te gustaría. Es lindo.

—Eso he visto en las películas. Yo estudié mi bachillerato en Nueva York.

—¿De veras? ¡Wow!

Héctor estaba impresionado con María Isabel y al hacer las rondas de los enfermos conversaban muchísimo. Un día le preguntó:

—¿Por qué no te quedaste en Nueva York a estudiar medicina?

Una respuesta breve era imposible y no le interesaba improvisar una respuesta inconsecuente, de modo que María Isabel sólo logró responder:

—Otro día te cuento.

Pudo quedar ahí, como mera promesa, pero Héctor insistió y una tarde, al terminar el turno, se metieron a conversar en la cafetería del hospital. María Isabel le contó de su matrimonio, sus hijos y finalmente su divorcio. Héctor, quien era como cuatro años menor que ella, no salía de su asombro.

—¡Si pareces una nena! —comentó admirado.

Él a su vez se había casado hacía un año, dijo. Su esposa trabajaba en publicidad y estaba encinta.

—Tienes que conocerla —añadió.

María Isabel dijo "Sí claro", pero pensó: "Qué mierda, tenía que ser casado". Cuando escuchaba hablar a Héctor los huesos dejaban de pesarle y toda su existencia adquiría una liviandad deliciosa. Durante todo ese año en que cumplió con su internado, la compañía de Héctor hizo la diferencia. Una noche, cuando al fin los relevaron tras setenta y dos horas corridas de servicio, María Isabel le pidió a Héctor que la llevara a su casa.

—Voy a dejar mi carro en el estacionamiento. Estoy demasiado cansada para conducir.

Héctor la ayudó a subir a su Toyota rojo y al montarse en la autopista sugirió:

—¿Por qué no te vienes a dormir a mi apartamento? Luci no está; fue en viaje de negocios a Miami, la capital del mundo publicitario; por favor, María Isabel, acompáñame, estoy que casi no puedo tenerme en pie.

Ella no encontró fuerzas para negarse; apenas veía lo que tenía enfrente. Llegaron pronto al edificio de apartamentos, el cual se encontraba en Hato Rey, a pocos minutos del Centro Médico. Eran las nueve de la mañana y tres noches corridas sin dormir los tenían tambleantes. María Isabel ni se fijó en la sala, las cortinas, los cuadros. Entró, vio una cama al fondo, a través de la puerta abierta de una habitación, y se dejó desplomar en ella. A pesar de que ya estaba dormida, sintió que le quitaban los zapatos y le besaban los tobillos y soñó con un jardín lleno de flores y de pájaros cantores. Cuando despertó ya había oscurecido y Héctor dormía profundamente a su lado. Se había despojado de la ropa y sólo conservaba unos pantaloncillos que no ocultaban demasiado sus atributos varoniles. María Isabel tuvo que aguantar la respiración al contemplarlo: a la verdad que era bien bello. ¿Sería eso o sería su largo ayuno de hombre? No podía saberlo, pero se levantó sin hacer ruido y procedió a quitarse la falda y la blusa; se quitó todo, hasta los pantis, y buscó en una gaveta: una camisa de piyama de Héctor era lo que le pedía el cuerpo. Luego de ponérsela se deslizó sin hacer ruido hasta la sala. Debía llamar a su madre, quien estaría preocupada, y marcó el número.

—Ya tu amigo Héctor me había llamado. Descansa tranquila, amor, los niños están bien.

La voz de Sonia la tranquilizó y sintió hambre, pero en la nevera sólo encontró unas manzanas amarillas y un litro de leche. Se tomó un vaso y se comió una manzana y volvió a sentir sueño. Al volver a acostarse junto a Héctor ya había comenzado a soñar antes de que su cabeza se posara en la almohada.

Cuando despertó nuevamente el sol hacía rato castigaba las aceras de Hato Rey y un olor a tocineta frita impregnaba las paredes del apartamento. Miró a su lado en la cama y Héctor no estaba. El olor le estimuló el apetito y muerta de hambre caminó hacia la cocina.

—Buenos días —dijo a la espalda musculosa que se inclinaba sobre el fogón.

Él giró sobresaltado.

—Ah, ¡al fin! ¡Qué dormilona!

Reía al mirarla.

—¡Mira lo que pareces!, ¡si te vieras!

Ella negó con la cabeza:

—Debo estar horrible.

Él rió de nuevo:

—¡Al contrario! Te aseguro que nunca te habías visto más hermosa.

Y al decir esto Héctor puso las tocinetas a escurrir y se acercó a ella. La tomó por los hombros y la miró a los ojos:

—Te queda bien mi piyama.

Ella sonrió.

—Fue lo que encontré. Perdona la confianza.

Él continuaba mirándola a los ojos y ella quiso zafarse.

—¿Cocinas algo? —preguntó.

—Quiero besarte —dijo él—. ¿Puedo?

Ella se encogió de hombros y le ofreció su mejilla. Él besó la mejilla con devoción y buscó su boca.

Ella lo rechazó suavemente.

—¿Comemos algo? —dijo como si no pasara nada.

—¡Claro! —dijo él, y sacó del horno una tortilla de papas y vegetales mixtos y cebolla que había preparado, la cual, unida a las tocinetas y a un bollo de pan francés que Héctor descongelara desde hacía rato, sirvieron de banquete.

Después de una larga conversación sobre enfermedades virales, María Isabel fregaba los cubiertos, los sartenes y los platos cuando percibió que Héctor la abrazaba por detrás. Sintió que el corazón le latía a mil millas por hora, pero lo apartó.

—No, no Héctor, debo volver a casa. Mis niños estarán buscándome por todos los rincones.

—Que esperen.

—Tu mujer volverá mañana.

—¿Mujer? Yo conozco una sola mujer en el mundo y la tengo entre mis brazos.

—Deja el relajo, chico. Esto no es una broma.

—Yo no bromeo, María Isabel. Déjame quererte. Por favor. Lo necesito.

Era tan dulce su súplica que ella se dejó arrastrar por el deseo acumulado en los largos meses en que llevaba compartiendo una amistad profesional con Héctor. Se besaron largamente en la cocina y después, agitados pero sin prisa, se revolcaron en el sofá de la sala. María Isabel no pudo esperar a llegar a la cama para pedirle que la penetrara:

—Si no me lo metes me muero —suspiró sin poderse controlar.

—Me encanta que me lo pidas así —dijo él.

Y se regodeó repitiendo varias veces:

— Te complazco enseguida. Qué bueno complacerte, qué rico.

Estuvieron un buen rato en el sofá y luego, riendo a carcajadas, se trasladaron a la cama. Recién oscurecía cuando María Isabel se levantó y comenzó a ponerse la ropa que trajo puesta. Héctor, que dormitaba, abrió un ojo:

—¿Te vas, mi amor?

—Debo ver a mis hijos.

—No quiero que te vayas.

—Yo tampoco quiero irme, pero tengo. Mañana en la noche te veré en el trabajo.

—Bésame.

Al besarlo, María Isabel cerró los ojos y una blanda alegría invadió su corazón.

—Llévame a casa —dijo bajito y suavecito para que no le notara que tenía los ojos húmedos y la voz tomada— olvidaba que dejé mi automóvil en el hospital.

—¡Ah! Yo también lo olvidaba. Enseguida estoy listo.

Las luces de Hato Rey convertían el paisaje en un sembrado de estrellas cuando salieron del apartamento.

9

Aquel día me bañé en la ducha de doña Julia y cociné en sus ollas. Don Enrique, quien como creo que ya mencioné, tenía por costumbre ser bien activo sexualmente, en esa ocasión estaba demasiado. Quiero decir demasiado caliente, como quemándose. Tal vez es que en mí la pasión comenzaba a disminuir, pero el hecho es que tuve que tranquilizarlo. Le preparé tragos de ron con limón y coca-cola y pelé yautías para hervirlas. Nunca, ni antes ni después en mi vida, he conocido a un hombre ni a persona alguna a quien le gustaran más esos tubérculos hervidos en agua y sal. Sólo su entusiasmo por mi cuerpo superaba su afición a las yautías. Y con aceite Antequera por encima, claro, aceite español puro de oliva.

María Isabel se tocó las sienes. Le latían fuertemente y le dolía la cabeza. Trató de recordar a don Enrique. En lo más brumoso de su memoria creía percibir la silueta de un señor de pelo y bigote canosos que caminaba por una playa. Recordaba las arenas de Puerto Nuevo, las rocas que protegían el balneario y la punta de grandes piedras. En una ocasión había estado en Puerto Nuevo con Héctor. Buscando dónde comer ensalada de pulpo se metieron en un restorán al borde de la playa, una especie de ranchón abierto con techos de zinc y paredes de maderas viejas. Los pisos eran de cemento pintado de rojo y las mesas y las sillas eran verdes. El pulpo estaba recién arrebatado al mar y sabía a caracoles, algas y serpientes marinas. Héctor se reía al verla saborear los pedacitos aderezados con cebolla, ajíes y pimientos. Se los habían servido en unos vasitos plásticos y transparentes de esos en los que sirven tragos de ron en las fiestas patronales de los pueblos. Ella se comió dos vasitos y también comieron mero frito y tostones de pana. Después caminaron por la playa y ella quiso meterse al agua pero no había traído traje de baño. El mar la llamaba, le explicó a Héctor, porque era parte inseparable de su infancia. Se quitaron los zapatos, Héctor se dobló hasta media pierna el ruedo de los pantalones y caminaron por el borde del agua. El sol comenzaba a descender y la bahía parecía una bandeja de oro.

De repente María Isabel abrió los ojos. Al cerrarlos para intentar recordar había regresado involuntariamente a aquella tarde inolvidable con Héctor. Quiso espantar la imagen del recuerdo y leyó:

Como ya pronto comenzaba el primer semestre, don Enrique quiso que me matriculara en un curso sobre historia del Caribe que él iba a ofrecer. Yo protesté: "Era un curso especializado, yo tenía que coger botánica y genética, era mucho..."

—¡Insisto! —rabió él.

No me gustó que me obligara a hacer algo que no deseaba y se lo comuniqué.

—Dios me libre que yo te obligue a nada, preciosa —dijo zalamero— pero verás.

Y se embarcó en una larga explicación sobre la importancia de conocer la Historia del Caribe, porque todas las islas eran de alguna manera una sola isla, en la medida en que la estructura económica fundante de todas por igual era la hacienda de caña de azúcar y la sociedad esclavista que la hizo posible. Yo lo escuchaba absorta mientras fregaba platos y vasos y recogía lo más posible y debo admitir que volvió a seducirme con sus palabras bonitas. Tanto así, que me convenció que para ser una doctora excelente era necesario que estudiara el contexto histórico de las islas caribeñas.

—Nuestro entorno —señaló don Enrique al trazar la línea curva que formaba la cadena de islas y que demarcaban el Mar Caribe sobre el mapa.

—*Dime la verdad, Sonia, ¿lo conoces?*

Tuve que aceptar que no conocía las islas. Sólo había viajado por ellas con Felipe en un crucero y de eso ya hacía algunos años, y no me había gustado porque el mar no andaba muy tranquilo por esa época, y tanto Felipe como yo nos habíamos mareado y nos la pasamos vomitando todas las exquisiteces que estábamos supuestos a tragarnos y a disfrutar. Don Enrique me dirigió una mirada de desaprobación ante lo que consideró una perspectiva frívola.

—*Además —tuve que admitir— mi abuelo ponceño siempre dijo que todas esas islas allá abajo —y al decir esto imité el gesto despectivo que usaba el abuelo— eran países de negros y por eso no contaban.*

—*¿El único país que le importaba era Estados Unidos?*

—*Era el que más importaba. Él decía que los puertorriqueños se morían de hambre hasta que llegaron los americanos.*

—*¡Qué mentira tan vil!*

Don Enrique se espantaba cuando yo le contaba de mi abuelo, el de la finca de Adjuntas, precisamente por ser el más puertorriqueño de mis antepasados y el que más cerca estaba de sus propios orígenes, pues salvando las distancias de clase, ambos eran de la cultura de la montaña que se basaba en la hacienda de café.

—*Era lo que él pensaba, de veras —insistí yo.*

—*No, si no me extraña. Yo sé que dices la verdad, era él quien mentía, o mejor dicho, era él quien estaba equivocado.*

No me inmuté:

—*Bueno... quizás. No me atrevo decirlo así como tú, porque cada cual tiene derecho a pensar como quiera...*

Don Enrique alzó la voz y habló ya fuera de control.

—*¡Eso es lo que no entiendes! ¡No! ¡La mentira no tiene derecho a existir y menos aún cuando existe en función de un poder que unos ejercen sobre otros!*

Me parecía irónico y contradictorio que él que engañaba a su mujer como quien se come un helado de frambuesa hablara así, y como veía venir un largo sermón político le pedí me devolviera a mi auto en el matorral frente a la universidad. Mientras él exponía sus ideas yo sólo pensaba en dónde estarían mis hijitos y si me estarían esperando para bañarnos en la piscina.

—¿Quieres venir mañana? —dijo él al interrumpir yo para pedirle me devolviera a mi Ford.

Entonces tuve que decirle que no podía, que debía llevar a mis nenes al médico, y aunque no era cierto era casi como si lo fuera porque ya lo estaba deseando así.

—¿Y pasado mañana? —insistió.

Me inventé un lío de mi madre y una cena que Felipe ofrecía a unos banqueros esa noche en nuestra casa y cuando creí haberme zafado, no pude creer las palabras que escuché de su boca:

—Ah, pues entonces será el viernes.

Como ya se me había agotado la imaginación, no me quedó más remedio que decir:

—Sí, bueno...

Lo dije sin mucho entusiasmo en la voz, pero él no pareció notarlo, o al menos no se dio por enterado, o no se quiso dar por enterado. Don Enrique era como el universo: una energía misteriosa que se autogeneraba. Una tarde se lo dije y me miró divertido:

—¡Ajá! Yo sabía que eras atea. Lo escondes bien, pero lo sospechaba.

—Yo no he dicho eso.

—Se sobreentiende, nena.

Me acarició la barbilla y me besó las comisuras de los labios, primero el lado izquierdo y luego el derecho. Su erotismo constantemente buscaba nuevas expresiones; era como si se la pasara inventándose caricias. Me zafé de sus manos, su boca y sus brazos por un instante:

—Déjame explicarte.

—No tienes que explicar nada. Yo te entiendo.

Alzó los brazos en señal de rendición y iba a abalanzarse sobre mí de nuevo cuando yo lo detuve.

—Déjame, por favor.

Bajó los brazos y al fin pude decir:

—Amo el misterio del universo. Si las galaxias se separan aceleradamente unas de otras y a la misma vez se aproximan unas a otras no me preocupa.

Él sonrió, se trepó en una silla, alzó una mano y me amonestó con el índice:

—Déjame resumir lo que piensas: no necesitas creer que hay un orden superior que rige el mundo.

—Digamos mejor que no necesito personificarlo.

—¡Ah!

—Vivir en un universo creado y regido por Dios me parece limitado. Vivir en un universo misterioso, indescifrable, incomprensible e infinito es lujurioso, como vivir en un palacio rodeado de bosques y jardines donde rige el principio de lo desconocido. En comparación, un universo regido por un dios es una casa pequeña perfectamente organizada y predecible.

Don Enrique se puso muy serio cuando le dije eso, y yo me asusté un poco de habérselo dicho porque nunca se lo había dicho así a nadie en el mundo, y aunque a veces lo hablara un poco con mi padre y él me escuchara con interés, mi padre creía en Dios. Felipe también sabía cómo pensaba yo, pero no quería que le hablara de esas cosas; aún no quiere. Ayer quise comentarle de mis preocupaciones porque estuve leyendo un artículo que salió en el periódico sobre una corriente de gravedad que arrastra a las galaxias en dirección contraria al movimiento de expansión del universo. No quiso escucharme. Dijo que esos científicos estaban todos locos, y que de Einstein para abajo, incluyendo a nuestro hijo Antonio, todos esos físicos sólo trabajaban con suposiciones. ¡Teorías, embelecos!, dijo dando un puño sobre la mesa. Como quizás algo de razón tenía, no le argumenté. En realidad, don Enrique fue la única persona en el mundo que respetó mis ideas y comprendió la manera como yo me sentía. Por eso sería que ejerció ese poder sobre mí. Quizás fue que me ofreció una compañía que nadie nunca me había ofrecido. Él decía que yo a él lo acompañaba como nadie nunca lo había hecho y que yo era su sulamita, con lo que hacía alusión, según tuvo que explicarme, a la última mujer del rey Salomón, el hijo del rey David. Ella era casi medio siglo más joven que él y la esposa del Cantar de los Cantares. *En el fondo, don Enrique era bien bíblico, quiero decir que citaba la* Biblia *a cada rato. Supongo que fueron sus orígenes humildes y de iglesia protestante, pues son ellos los que leen la* Biblia *todos los días y la citan constantemente. Los católicos apenas la leemos y la conocemos mal.*

    El viernes antes de que doña Julia regresara volvimos a la casa de Dos Pinos. Mientras hacíamos el amor sobre la cama de su esposa sonó el teléfono varias veces pero don Enrique se negó a contestarlo. Maldijo varias veces por no haberlo descolgado y al rato, cuando dejó de sonar, lo descolgó. No tengo idea de quién pudo estar llamando y don Enrique no pareció darle importancia. Después del amor comimos un escabeche de bacalao que él mismo había hecho. Lo comimos con yautías hervidas en agua y sal, ¿con qué otra cosa iba a ser?, y yo preparé una ensalada de lechuga con berros. No faltó la botella de vino blanco.

    Fue una especie de celebración. Nunca volvimos a vernos en la casa de Dos Pinos y nunca logramos recrear el clima especial de aquellas horas en aquellos espacios poco acostumbrados a las pasiones prohibidas. Digo esto porque ya le había preguntado a don Enrique si a sus otras amantes las había traído a su casa. Me lo negó rotundamente y también me negó que él acostumbrara seducir discípulas ingenuas. En aquellos días preferí creerle, pero ahora no estoy tan segura, pues no veo razón alguna para que no mintiera. Sin embargo, a pesar de las falsedades y las incertidumbres, sigue siendo cierto que recuerdo aquel último día en Dos Pinos con especial añoranza. Doña Julia regresaría al otro día. Se me erizó la piel de pensar que nunca sabría lo que habíamos hecho sobre su cama.

Una semana después comenzó el primer semestre de mi segundo año. Me había matriculado en dos cursos de pre-médica: en botánica y en genética, y como electiva me matriculé en el curso sobre Historia del Caribe que ofrecía don Enrique. Me sentía entusiasmada con lo mucho que iba a aprender y con las nuevas interrogantes que surgirían. El segundo semestre de mi primer año había finalizado el semestre con A en todas las asignaturas, incluso en química. Hasta en literatura española don Pedro había quedado muy complacido con mi trabajo. Alto y delgado y encorvado por los años, don Pedro fue uno de los mejores maestros que jamás tuve. Y eso a pesar de su lema: "cualquier tiempo pasado fue mejor". Al finalizar el semestre yo me pasaba repitiendo: "al andar se hace camino; y al volver la vista atrás; se ve la senda que nunca; se ha de volver a pisar". Me repetía los versos de Machado que don Pedro me enseñó para mantenerme a flote durante todas las crisis por las que pasé.

Fueron muchas e inesperadas ciertamente, pero aquel agosto no podía sospecharlo y estaba estusiasmada con mi clase de botánica. No podía esperar a llegar a clase para escuchar al profesor hablar de las plantas del mar. Siempre el mar me había fascinado y ahora iba a desentrañar los secretos de sus pequeños organismos. La genética también me atraía, en especial los experimentos con la mosca, y era refrescante, después de haber pasado varias horas mirando laminillas a través de un microscopio, entrar al salón de don Enrique a escuchar sus relatos y la red de relaciones económicas y culturales que entretejía. Las cosas iban como cayendo en su sitio y Felipe y mis hijos se iban acostumbrando a compartirme con mi pasión por la ciencia cuando pasó lo que nunca debió pasar y aquello de lo cual me avergüenzo más que de ninguna otra cosa en el mundo. La tarde en casa de tía Violante en que allá en lo alto de su apartamento miré el mar y me puse a filosofar y decidí escribir esta historia, temí llegar a este punto. Durante los meses que llevo escribiendo, a solas en mi cuarto y a escondidas, he temido llegar a este momento. No me importó narrar mis arrebatos eróticos y ni siquiera las mentiras que tuve que decirle a Felipe, aunque a decir verdad no dije muchas, más bien fue que le oculté información sobre mi vida. De alguna manera era algo que no me resultaba muy difícil, pues era como un derecho que yo asumía. Lo que a continuación voy a contar es lo que llevo atragantado desde entonces y la verdadera razón por la cual escribo estas páginas. Aunque nadie las lea tengo que desahogarme; ya lo dije cuando empecé a escribir. Si fuera religiosa, si pudiera serlo, ya se lo habría contado a un sacerdote. Casos como el mío deben ser la razón por la cual existe el secreto de la confesión. No ser creyente y católico, a pesar de que divirtiera a don Enrique y a mi padre, es muy duro. Nunca he podido decirle mi secreto a persona alguna y quién sabe si un día no pueda más y me vaya a meter a un confesionario. "Bendígame padre porque he pecado", voy a decir. Me lo sé de memoria. ¡Hasta los dieciocho años comulgué todos los primeros viernes de mes y mi madre es una beata! En la época de Papá, el chofer la llevaba a la Catedral de San Juan todos los días y al mudarse con María José, aunque ya cumplió noventa años, todavía camina dos cuadras hasta la Catedral de Ponce. El día menos pensado iré a la iglesia y pediré un sacerdote; siempre me queda esa posibilidad y me alivia saberlo, pero no quisiera hacerlo por no darle la razón a mi madre. Yo siempre tan independiente, tan distinta a ella y al cabo vengo a parar en lo mismo. ¿Es que las mujeres no podemos vivir sin los curas? ¿Será verdad que la religión se hizo para consuelo de las mujeres? Es más difícil escribir estas líneas que hablar con un cura y además mucho más peligroso. Cada vez que termino de escribir escondo los papeles detrás de mis zapatos, que son miles. Mañana buscaré el cofre antiguo que hay en la sala y lo subiré a mi cuarto. Recuerdo el día en que Papá lo compró a un español refugiado de la Guerra Civil. Se lo vendió barato porque tenía necesidad, pero le advirtió que era una *pieza del siglo* xv *y Papá siempre la contempló con reverencia. Felipe ni cuenta se va a dar de que falta en la sala. Tiene que ser ese cofre porque tiene llave y una cabeza de león alrededor de la cerradura, como si fuera a morder a quien lo abra. Y muerde, un día de estos va a morder. Guardaré el cofre en mi ropero y la llave la llevaré siempre sobre mi cuerpo, prendida con un imperdible al manguillo del* brassiere.

Doy vueltas y más vueltas para no empezar. Primero, diré que sucedió en septiembre. Yo estaba excitada con mis clases y comenzaba a apartarme emocionalmente de don Enrique cuando una mañana me levanté y las manchas de sangre que esperaba encontrar en mi camisa de dormir no estaban allí. Tampoco aparecieron esa noche ni al día siguiente y tampoco en los días y las semanas que siguieron. Aguanté la respiración y nada dije a Felipe. Tampoco a don Enrique. Recuerdo que nos fuimos una tarde a un motel de Caguas y él notó enseguida mi preocupación.

—¿Qué te sucede?

Tanto insistió que tuve que inventarme una pelea con mi madre. ¡Si ella supiera las veces que la he cogido de excusa! En ese momento no se me ocurrió otra cosa. Don Enrique no pareció muy convencido con la historia de que mi madre se la pasaba diciéndome que dejara de estudiar. Fruncía el ceño al escucharme y como al hacer el amor estuve bastante fría se lo creyó menos aún. Pero como yo no cedía se dio por vencido y regresó al mundo cerrado de sus proyectos y sus investigaciones históricas. No debo quejarme de don Enrique. Era una persona que buscaba atravesar la coraza de mi ser y se interesaba deveras en conocerme. Fui yo quien no dio paso. Tal vez le hubiera dado paso a Felipe, pero él nunca vio mi coraza y nunca intentó penetrar en los recintos más recónditos. Creo que estaba excesivamente ocupado haciendo dinero; sí, debe haber sido eso. ¿Cómo iba a intentar entrar a un lugar que no veía?

Pasó el mes de septiembre y comenzó octubre y terminó octubre y aún las anheladas manchas no aparecían. Me estaba poniendo tan nerviosa que en el laboratorio las laminillas de tejidos se me caían de las manos y me temblaban las rodillas al menor sobresalto. Finalmente no pude más y visité al ginecólogo.

—Te haré la prueba, dijo, pero casi seguro estás encinta.

—¡Felicidades! —añadió en tono alegre.

Yo no podía creer lo que me estaba sucediendo y maldecía la hora en que había regresado a la universidad. No era, aclaro, porque estuviera encinta. Amaba a mis hijitos y otro hijo era una bendición. ¿Pero cómo saber si era hijo de Felipe? Igual podía ser hijo de don Enrique. Algunos días en los que pude haber concebido estuve con ambos por igual. No se me ocurrió que pudiera sucederme esto porque tomaba las pastillas contraceptivas que impedían la ovulación hacía ya algún tiempo, aunque bien es cierto que a veces se me olvidaba tomármelas. Parece ser que mi despreocupación formó parte de mi arrebato erótico. También pudo ser que inconscientemente buscara mi propia destrucción. Jugué un juego mortal. De alguna forma creí poder desafiar la moral que se esperaba de una mujer casada y de pronto me daba cuenta de que no era posible. Ahí tenía el resultado. Empecé a vomitar en las mañanas y a sentirme mareada y cansada. Esa semana no asistí a la clase de don Enrique y cuando el ginecólogo comprobó con el examen que su primera evaluación era correcta, creí que el mundo se desplomaba a mis pies. Él sonrió y me felicitó de nuevo con la mejor intención diciendo que mi salud era estupenda y yo tuve que disimular el horror que sentía. Eso fue lo peor, tener que mentir en un instante que yo consideraba sagrado.

Miento otra vez. Hasta a mí misma me digo falsedades. Es lo malo de la mentira; se convierte en una costumbre y es una costumbre corrosiva porque se va comiendo todo. Se te erosiona el corazón y finalmente las paredes de tu vida caen hechas pedazos. Los vínculos emocionales con el mundo se desmoronan a tu alrededor y ni siquiera puedes distinguir quién es *quién ni qué debes hacer. Miento. Lo peor no fue tener que fingir alegría frente al médico. No fue tomar la decisión de dejar de ver a don Enrique y asumir una soledad que he soportado hasta el día de hoy con estoicismo. Lo peor fue mentirle a Felipe. Le dije:*

—Estoy encinta.

Y él, sorprendido, me preguntó:

—¿Y no tomabas pastillas?

Yo casi no podía hablar. Apenas susurré:

—A veces me olvido de tomarlas.

Y aclaré:

—Bueno, creo hace más de dos meses que no las tomo.

Felipe me abrazó y me besó con una delicadeza profunda.

—No importa, mi amor —dijo—. Estoy feliz. No te preocupes. Tendremos otro hijo y le pondremos Luis Felipe si es nene y María Elisa si es nena, ¿no te parece?

Cuando leyó las palabras que su padre pronunciara hacía ya más de medio siglo a María Isabel le faltó el aire y tuvo que ponerse de pie. Pisó los papeles amarillentos con ceniceros y libros y salió al jardín. Ya octubre se deslizaba por los acostumbrados cauces del tiempo y las hojas amarilleaban y enrojecían como si se vistieran de fiesta. Era hermoso acostarse debajo de un árbol y contemplar el azul del cielo a través del concierto barroco de los colores del otoño. El silencio cargado de armonía visual era lo que necesitaba para poder pensar. Hizo un esfuerzo: su madre, su padre, don Enrique, un niño; un triángulo con un niño en cuclillas en el centro. Casi temía leer lo que adivinaba iba a encontrar. A veces era preferible no saber algunas cosas, reflexionó. Ya le era imposible recuperar la inocencia. A duras penas podía creer lo que había escrito su madre. ¿Lo habría leído, o lo habría soñado? ¿Sería una pesadilla? No podía estar totalmente segura.

10

Lo más que le gustaba de Héctor era que compartían un oficio; ambos eran especialistas en curar enfermedades. Era difícil que alguien que no hiciera este trabajo pudiera comprenderlo. Vistos míticamente, los médicos eran guerreros que combatían a la muerte. Derrotarla era su principal objetivo y aquello que los movía a la lucha. La muerte era fuerte, cruel e implacable y los pintores medievales la representaron con una guadaña en la mano. Vestía de negro; su rostro era una calavera y galopaba en un caballo flaquísimo sobre los campos y las ciudades sembrando la destrucción y la desesperanza. Mientras extraía balas de brazos, piernas, cuellos y vísceras y mientras cosía heridas, María Isabel la sentía galopar sobre el mundo. Una noche, en el turno de la sala de emergencia, compartió su visión fantasiosa con Héctor y él le confesó que sentía lo mismo.

Se hicieron inseparables. Trabajaban juntos durante las largas horas de la madrugada en que el hospital parecía una tumba colectiva y al día siguiente, al separarse para ir cada cual a su casa, les dolían la coyunturas de los huesos ya no del cansancio, sino de la ausencia del otro. Las horas en que estarían separados dolían. A María Isabel le producía angustia no ver a Héctor y más aún porque sabía que estaba con otra mujer. Como Luci había regresado de Miami al otro día de haber estado Héctor y ella juntos en el apartamento, no habían vuelto a hacer el amor. Pero verlo y desearlo eran una misma cosa en María Isabel y al parecer Héctor se sentía igual, pues no desperdiciaba oportunidad para tocarla amorosamente, para perseguirla por los pasillos y contemplarla con el arrobo con que sólo miran los enamorados.

Una noche Héctor la vio venir por un pasillo y le impidió el paso. Ella se molestó.

—Déjame pasar, por favor. Debo ver al paciente del cuarto 213.

—Tengo que besarte —dijo él, y sin tomar la precaución de velar que no viniera alguien, la besó en la boca.

María Isabel sintió que el corazón se le alborotaba. También la apertura innombrable entre sus piernas comenzó a latirle y a arderle como si fuera un corazón. Hizo un esfuerzo:

—No, Héctor —dijo, separando su boca de aquellos labios que deseaba todos los días de su vida las veinticuatro horas de cada día.

—Escúchame un momento —susurró Héctor—. Juan dice que nos presta su apartamento. Vamos esta noche.

Héctor se refería a un internista amigo de ambos que era soltero y vivía en un condominio de Santurce, en la calle del Parque. Lo habían visitado dos o tres veces para reunirse y discutir problemas del hospital.

—No —repitió María Isabel—. Ahora déjame pasar.

Pero él insistió:

—Mamita, no seas así. Te sentirás culpable cuando me muera a causa de tus desdenes.

María Isabel tuvo que reírse.

—Ahora te me pones literario y chillo. ¿Qué más se te va a ocurrir?

—Haré cualquier cosa por volver a abrazarte.

Era tan gracioso el tono doliente de su voz que ella accedió.

—Está bien. A las siete cuando nos releven.

Salieron del Centro Médico cada uno en su carro y quedaron en encontrarse frente al condominio. Ya montados en la autopista, María Isabel observaba por el espejo retrovisor el Toyota rojo que parecía

seguirla a una distancia prudente. A la altura de Plaza
Las Américas lo perdió de vista, y ya se estaba preguntando dónde se habría metido cuando miró a su izquierda y lo vio justo junto al Mazda gris de ella. Héctor
le mandaba besos con las manos y ella tuvo que hacer
lo mismo. Más adelante, al cruzar el Puente de la Constitución, Héctor se le adelantó, pero cuando creyó
haberlo perdido volvió a encontrarlo, a su derecha
esta vez, al salir del túnel de Minillas. Ahora fue ella
quien le comunicó por señas que su corazón latía aceleradamente.

Cuando estacionaron sus automóviles en el
estacionamiento del condominio no podían esperar
para besarse. Ella se bajó de su Mazda y Héctor la
abrazó y comenzó a desnudarla allí mismo y como
ella se sentía igual no se resistió. Logró suspirar:

—¿No quieres esperar a que subamos?

—¡No! —rugió él, y ella supo que no era juego
o simple amenaza jaquetona porque sintió que un
miembro varonil más duro que una viga de acero fro-
taba sus muslos. Entonces se bajó un poco los pantis
y abrió las piernas para recuperar la seguridad de que
el mundo tenía sentido, de que todos los ríos tenían
derecho a inundarse y de que agosto era el mes de las
mariposas amarillas. Después subieron al apartamento de Juan en el décimo piso e hicieron el amor otra
vez, ahora más despacio, besándose largamente, y
entremedio de los orgasmos hilvanaron conversaciones interminables como si se tratara de un tapiz medieval para colgarse en el gran salón del castillo.

Tarde esa noche, al regresar a su casa, María
Isabel sintió que nunca había amado a Andrés Orsini
como amaba a Héctor. Pensar en Andrés le producía
un flujo de ternura que le calentaba los músculos y le
iluminaba el corazón. Pero había algo especial en
Héctor, algo así como una compañía. Mientras Héctor
estuviera con ella, mientras pudiera verlo y oírlo, jamás se sentiría sola. Hubiera querido comunicarle a
su madre lo que sentía porque era una certidumbre
nueva la que recién estrenaba, pero no se atrevió.

Héctor era un hombre casado. ¿Qué pensaría la gran señora burguesa Sonia Sabater de este nuevo amor de su hija? Pensaría que ella era una cualquiera, sí, era lo más probable. Por eso cuando entró a la casa y su madre bajó de la habitación a recibirla, no se lo contó.

—¿A estas horas has salido hoy? —preguntó Sonia preocupada—. No podía dormir pensando que te hubiera sucedido algo.

—Hubo unos cuantos tiroteos en Manuel A. Pérez —mintió María Isabel.

—¡Pobres muchachos! —exclamó Sonia al abrazarla—. Se creen que es fácil hacerse rico. Y lo es con la droga, ¡pero a qué precio!

—Sí, Mami, así es —musitó al besar la mejilla de su madre.

Aquella señora que había vivido tan protegida toda su vida, ¿qué podía saber de las motivaciones de los muchachos del residencial público Manuel A. Pérez? ¿Qué podía saber de la humillación que significaba ser pobre? María Isabel no podía comprenderlo del todo, pero había visto a los muchachos y los había escuchado conversar, había curado a los drogadictos y a los niños de madres solteras, a las madres solteras; ella sí que le había visto la cara a la pobreza. De seguro su madre tampoco comprendería su amor por Héctor. Frente a ella se sentía avergonzada de la pasión que sentía. Esa madrugada, mientras llegaba el sueño reparador, se preguntó si deseaba que Héctor se divorciara. Era la primera vez que se lo podía plantear.

—No —se dijo a sí misma en la oscuridad.

Ella no quería exigir nada. Quería que este amor siguiera su propio curso. Si sucedía bien y si no también. No quería hacer planes, no quería imponer ideas preconcebidas, ilusiones forjadas por la cultura. Quería que este amor creciera salvaje, como crecen los helechos en las grietas de los muros.

Dos días después, cuando volvió a ver a Héctor, se sintió como una barra de mantequilla en una acera, bajo el sol candente de las doce del mediodía de un día de agosto. Se derretía. O al menos eso le pareció al verlo acercarse. Ella tomaba un café en la cafetería del hospital y él se sentó junto a ella en la mesa. No la tocó y tampoco pronunció palabra. Miró las manos que agarraban la taza de café y miró la boca que sorbía, los labios que se abrían. Después sus ojos se encontraron con los de ella y estuvieron explorándose uno al otro por lo que pareció una eternidad.

—Hola —dijo ella al fin, abriendo y cerrando los ojos con coquetería—. ¿Quieres café?

—Ya tomé. Gracias.

Al decir esto sonrió y le acarició un brazo.

Ella también sonrió.

—No nos toca el turno juntos hoy, ¿verdad?

—No. Juan estará contigo.

—¿Le doy las gracias por el apartamento?

Héctor se puso serio. Casi triste, pensó María Isabel.

—No, por favor. Mejor que no se entere de que eres tú.

Ella se rió.

—Estoy segura de que lo sabe...

—Quizás, pero es mejor no darse por enterado. O sea, es preferible que él piense que yo pienso que él no sabe.

María Isabel quiso reírse de la payasada de Héctor pero experimentó una punzada de dolor. No esperaba esto. Sintió una pizca de rechazo y algo de miedo. Miró de nuevo a Héctor y percibió preocupación en el fondo de sus ojos.

—Te noto pugilateado —dijo apartándole de la frente un mechón de pelo.

Él parpadeó varias veces.

—No —se apresuró a decir. Y luego:

—Bueno, sí, pero ya pasará.

Ella fingió indiferencia y se levantó para ir a trabajar. Él la detuvo agarrándole un brazo:

—Te quiero demasiado.

Fue lo más que pudo decirle y ella asintió y siguió caminando hacia la sala de emergencia sin mirar atrás, sabiendo sin embargo que los ojos de Héctor estaban clavados en su espalda.

La voz y el tono de Héctor le habían comunicado, aunque él lo negara, que estaba sufriendo.

—Dime qué te pasa —insistió ella al encontrárselo de nuevo en la sala de rayos X.

—¿A mí?

Una sonrisa pícara iluminaba su rostro.

—Nada, preciosa. Loco por ti que estoy, ¿te lo había dicho? ¡Ah, no! —puso las manos sobre su cabeza—. Creo se me había olvidado...

Ella lo miró con un gesto de desaprobación.

—Bueno, como tú quieras.

Se encogió de hombros y continuó llenando los papeles de un informe. Él se le acercó.

—Oye, ¿quieres cenar en casa mañana sábado? Luci quiere conocerte. Sé que estás libre. También irán otros amigos.

No podía creer lo que había escuchado.

—¿Cómo fue? —reaccionó estupefacta.

Él le tomó una mano y la besó.

—Te estoy invitando a cenar en mi casa mañana.

Parecía un caballero decimonónico. Lo único que le faltaba era hacer una reverencia ante su dama.

—¿Estás seguro de lo que dices?

Quiso comprobar que había oído bien.

—Completamente —dijo él volviendo a besarle una mano.

Y así fue como el sábado, a las siete de la noche y en su Mazda gris, María Isabel salió de la casa de los Gómez Sabater en Miramar y se dirigió a Hato Rey. "Todo es posible en este amor", pensó, "debo abrirme a las posibilidades".

Héctor personalmente abrió la puerta y la hizo pasar y de inmediato le presentó a dos amigos publicistas y a su mujer.

—Ésta es Luci —dijo, y María Isabel vio una mano que se extendía para estrechar la suya a modo de saludo. Entonces alzó la cabeza y vio a una niña muy maquillada, con pollina rubia hasta las cejas y cabellera hasta la cintura. A pesar de que tenía una barriguita de cinco meses, llevaba una falda supercorta, sandalias doradas y chaleco rojo.

—Encantada de conocerla, doctora —dijo Luci—. Aquí todos deseábamos conocerla, pues Héctor se la pasa hablando de usted.

—A mí me gustan más las doctoras que los doctores —dijo uno de los amigos publicistas de Luci, el que se llamaba Alberto.

María Isabel se viró hacia él.

—¿Las doctoras? ¿Y por qué, si se puede saber?

—Mire, le diré —Alberto era un joven elegante y tenía el pelo largo y recogido atrás con una goma, como la coleta de un torero—. Es que las mujeres son madres y hacen las cosas con ternura. Ellas apuestan siempre a la vida. Los hombres son seres de la guerra, pelean entre sí. Pienso que las mujeres sienten más respeto por la vida.

María Isabel no pudo reprimir una carcajada.

—¡No se me había ocurrido, pero bueno, puede ser!

Se sintió halagada y miró a Héctor como excusándose:

—¿Y usted qué piensa de estas opiniones, señor doctor?

La respuesta fue caballerosa.

—Pienso que Alberto tiene toda la razón.

María Isabel no logró percibir ni el más leve rastro de celos profesionales. "Cosa rara", se dijo, "a la verdad que la vida nos sorprende en cada esquina".

La noche transcurrió muy amena y al despedirse Alberto se ofreció a acompañarla hasta su carro. Ella miró a Héctor y éste miró las losas del piso; se notaba que no le agradaba la idea, pero no podía demostrarlo por temor a despertar sospechas.

Cuando abría la puerta del Mazda, Alberto la abordó:

—¿Quisieras salir a cenar conmigo alguna noche? Podríamos ir a Augusto's.

María Isabel asintió, ¿por qué no? y le dio su teléfono.

El lunes siguiente, al encontrarse en el trabajo, Héctor estaba furioso.

—¡Qué se habrá creído ese Alberto! Total, si lo único que sabe hacer es producir embelecos para engañar a la gente; ¡esos horrendos comerciales!

María Isabel nunca lo había visto así, denigrando a los demás. Era señal de inseguridad, pensó. En una clase de psicología, allá en Columbia, le habían enseñado eso. ¡Y Héctor aún no sabía que Alberto la había invitado a cenar! Decidió no decírselo para evitar problemas. No le gustaba verlo así; la confusión lo debilitaba.

—Luci es muy simpática —dijo por decir algo.

—Se volvió loca contigo —rió él.

Ella no quiso comentar lo irónico de la situación. No quiso ni siquiera añadir que Luci le parecía buena pero tonta. El martes siguiente al salir del trabajo se fueron al apartamento de Juan e hicieron el amor varias veces con la angustia apretándoles la garganta. Pero no quisieron hablarlo. Se amaron entre mordiscos, suspiros, gemidos y gritos y quedaron en ir juntos a la playa. Al balneario de Isla Verde, rogó Héctor. Ella hubiera preferido Luquillo o Cerro Gordo, pero no protestó, y de esta manera se inició una temporada de viajar juntos por la isla. Decidieron aprovechar los días libres de ambos y fueron al balneario de Isla Verde un miércoles a las diez de la mañana y el próximo viernes fueron a Cerro Gordo. Otro viernes fueron a las cuevas de Camuy y el miércoles siguiente a la zona histórica de Ponce. Caminaron por la calle Isabel admirando sus árboles y sus balcones y María Isabel de pronto se acordó de su abuela y sugirió que visitaran a su tía María José.

—Vive aquí muy cerca, al otro lado de la plaza —dijo cuando salieron del Museo Histórico.

Héctor no se decidía. Iba a sentirse incómodo, señaló.

—Es que tengo ganas de ver a mi abuela.

El ruego de María Isabel lo convenció y caminaron por la calle Reina hasta una casa con una verja de hierro, un patio y un balcón semicircular al frente.

Las trinitarias y los canarios florecían en los pretiles de las ventanas y entre los balaústres del balcón. Todas las molduras de la fachada estaban modeladas y adornadas con hojas de acanto y guirnaldas de flores de argamasa y los cristales de las puertas y las ventanas reproducían, en brillantes rojos, verdes, amarillos y azules, floreros con rosas de largo tallo. Abrieron el portón, subieron las escaleras del balcón y tocaron a la puerta. Una sirvienta de pelo blanco y uniforme gris les abrió, y al ver a María Isabel lanzó un grito de sorpresa.

—¡Ah, señora, qué alegría!

—Hola Carmen —dijo María Isabel dándole un beso en la mejilla derecha—. Éste es el doctor García.

—Un placer, doctor, pase usted. ¡Señora! ¡Señora Ernestina! ¡Mire usted quién ha llegado!

Pasaron del vestíbulo a una sala iluminada con lámparas de cristal de roca y decorada con muebles de principios de siglo, sofás, sillas y sillones con espaldares de medallón, y acababan de sentarse cuando apareció en el umbral la viejecita más viejecita que Héctor había visto en su vida.

—Abuela, ¡qué lindo verte! —exclamó María Isabel, y se levantó a abrazar a la viejita, quien se reía feliz y la miraba con amor apartándole el pelo de la cara para acariciarla y verle bien los ojos. Doña Ernestina estuvo un buen rato hablando intimidades con la nieta: "¿Estás feliz? ¿Y tus bebitos están bien? ¿Ya eres doctora de averdad? Rezo por ti todos los días. ¿Y tu amigo quién es?"

— Es un doctor de mi trabajo, abuela. Se llama Héctor García.

Y tomándola de la mano María Isabel llevó a doña Ernestina hasta el centro de la sala. Héctor se levantó y saludó a la señora con una reverencia y ella le pidió que le diera un beso en la mejilla. Después le dijo a la nieta:

—Es muy guapo, mijita. Tienes buen ojo para los hombres.

María Isabel casi creyó percibir que le guiñaba un ojo pero en ese momento entró la tía María José.

—¡Nena! ¡Qué lindo verte! —dijo abrazándola.

María José era rubia y se veía muy joven para sus años. Se sentaron a conversar y hablaron de lo bello que estaba Ponce, de su aire fuera del tiempo.

—Como Dubrovnik —dijo María José, quien era la viajera de la familia.

Años después Héctor recordaría esa tarde detalle por detalle. Le había comentado después a María Isabel que María José no representaba cuarenta y cinco años y María Isabel le informó que era por la cirugía plástica que le habían hecho el año anterior. Estaba de moda entre las señoras burguesas, aclaró. Pasaron un rato encantador con las historias de María José y su viajes por el mundo entero y con las fantasías de doña Ernestina, quien se la pasó hablando de las fiestas de principios de siglo en el Casino, de los trajes bordados en lentejuelas y los reinados donde las muchachas desfilaban por el pueblo sentadas sobre los espaldares de automóviles descapotados.

La época de las breves salidas exploratorias de los amantes llegó a su fin con la proximidad de la hora en que Luci daría a luz. Entre salidas María Isabel había aceptado, sin mencionarlo a Héctor, dos invitaciones de Alberto. Fueron a cenar una noche en Augusto's y disfrutaron una cena estupenda. Alberto, vestido elegantemente con un traje de chaqueta cruzada color crema, camisa de seda, yuntas de oro y corbata rojo vino, la agasajó toda la noche. Era evidente que la admiración por su oficio de doctora no consistía sólo en palabras. Esa primera noche le contó que la gran ambición de su vida era hacer cine. Por eso y sólo por eso hacía comerciales, insistió, y quiso saber si ella había visto un comercial de ginebra que pasaban a menudo por televisión: se trataba de una pareja que vivía en el Viejo San Juan, frente a la bahía. Discutían acaloradamente y él le ofrecía un ramo de rosas rojas para contentarla. Ella tomaba el ramo, olía las rosas y las tiraba al piso. Salía furiosa del apartamento, cargando una maleta. Entonces él hace caer en un vaso unos pedazos de hielo. Ella, que ya se aleja de la casa, escucha el tintinear de los hielos contra el cristal. Se detiene y decide regresar.

—La última toma son ellos dos, bebiendo ginebra en el balcón y con una bahía crepuscular al fondo —finalizó Alberto.

—O sea, que lo que no pudieron las rosas lo pudo la ginebra.

Suena nítido —reaccionó María Isabel— pero, ¿qué tiene que ver un anuncio de ginebra con el cine?

Alberto le explicó el arte de narrar con imágenes y por qué montar anuncios era un buen ejercicio.

—Se trata de adquirir experiencia con la cámara —puntualizó.

María Isabel no quedó muy convencida, el comercial era una especie de llamado al alcoholismo, pero como Alberto le parecía simpático y trabajador, le siguió la corriente. Otra noche fueron al cine, al Fine Arts de Miramar, a ver una película que él quería que ella viera. Era sobre reyes europeos aburridos e intrigas palaciegas y luego de la tanda, mientras bebían una cerveza en un café del Condado, conversaron largamente. Él estaba entusiasmado con ella y tenía toda intención de enamorarla, pero ella se miró en el espejo de su corazón y vio únicamente a Héctor. No se lo dijo a Alberto, pero esa noche tomó la decisión de no volver a salir con él. Desde ese día cada vez que la llamaba ella ponía un pretexto y finalmente dejó de llamarla.

La tarde que nació el bebé de Luci y Héctor, un saludable machito de siete libras y media, se encontró con Alberto en el hospital. Luci mostraba, orgullosa, a su recién nacido; María Isabel miraba a Luci, Alberto miraba a María Isabel y Héctor los miraba a ambos con el aguijón de los celos envenenándole la emoción de ser padre. Aunque a Alberto se le notaba un interés exagerado por todo lo que María Isabel decía, no la molestó y ella respiró aliviada.

A pesar de esto, en los meses que siguieron, Héctor solía caer en hondonadas de mal humor cuando María Isabel y él podían estar juntos. Ya no disponía de tanto tiempo libre porque Luci había dejado de trabajar para criar al bebé, y los viajes de ella a Miami y a Nueva York habían cesado. Aunque la pasión continuaba intensa y la amistad se fortalecía a cada paso, María Isabel temió que la relación se deteriorara. Ella había querido un amor que creciera salvaje y sólo obedeciera a su propio impulso, pero ahora parecía no tener para dónde crecer. Como era un árbol sembrado en un tiesto, no podía ensanchar y alzarse para tocar el cielo. No quería pedirle que se divorciara. Acababa de tener un hijo y se sentiría culpable. Además, estaba segura de que él no iba a divorciarse. Un hombre no se divorciaba porque se había enamorado de otra mujer. Eso lo hacen las mujeres. Ellos no. Ellos sufren mientras dura el enamoramiento y luego regresan a la esposa. Ellos se sienten obligados a fortalecer la institución del matrimonio, la cual los beneficia. Quizás con Héctor pudo ser distinto dada la afinidad profunda, la compañía, la intimidad que ambos se construían, pero en ese momento las circunstancias les eran adversas. Entonces María Isabel lloró en la soledad de su cuarto porque ahora más que nunca estaba convencida de que Héctor era el gran amor de su vida. A la mañana siguiente, al abrir el periódico, el susto de una noticia le espantó la tristeza y la sacudió en su fibra más íntima. Tuvo que sentarse y leer varias veces los titulares: joven publicista asesinado a balazos.

Seis meses después, el asesinato de Alberto aún quedaría por resolverse.

Sus sentimientos andaban atrapados en líos y enredos insolubles cuando Felipe Gómez trajo a cenar a la casa a un cliente suyo. Se llamaba Bob Williams, era norteamericano, jugaba golf y quería entusiasmar a Felipe para que jugara con él. El viejo zorro no cedió:

—Eso es juego de gringos, muchacho. Allá tú y tu gente.

A veces cuando hablaba así se parecía a don Pepe Sabater, pensó Sonia, y lo pensó más todavía cuando se sentaron alrededor de la mesa, la misma mesa en la que ella se había sentado desde la infancia. En aquellos años la presidía don Pepe exactamente igual a como ahora la presidía Felipe.

—El mismo estilo —musitó Sonia en silencio—. Dime lo que haces y te diré quién eres —se repitió—. Al cabo de trabajar en lo mismo y vivir en la misma casa, se han vuelto semejantes.

María Isabel cenó con ellos y el gringo le resultó simpático. Bob Williams, quien era divorciado hacía ya más de seis años, quedó flechado con la dulzura de la exótica doctora.

Cuando salieron al balcón a tomar café, ella se atrevió a preguntarle:

—¿Y por qué te divorciaste de tu esposa?

—Fue ella quien se divorció de mí —admitió él—. Se enamoró de otro.

"No teme al ridículo", pensó María Isabel, y eso le gustó.

11

Había pensado esperar a Bob Williams en el jardín, pero el aire otoñal le produjo escalofríos y de repente sintió un deseo incontenible de continuar leyendo el manuscrito. Se levantó, entró a la casa y corrió a la sala. Los papeles amarillentos escritos a mano con tinta azul se encontraban sobre el escritorio Luis XV que presidía el espacio de la biblioteca, exactamente donde los había dejado hacía apenas media hora. Estaban divididos en dos montoncitos y pisados con un cenicero de cristal de roca cada uno. Para ampliar el área de lectura, María Isabel había colocado el cofre de estrellas rojas sobre la alfombra persa. Cada vez que se interrumpía, sin embargo, volvía a colocar el cofre sobre la mesa, ponía los papeles adentro y cerraba con llave. El hecho de que ya no lo hiciera a escondidas de su marido no alteraba la rutina que se impuso, a modo de ritual, desde el principio. Ahora volvió a sentarse en la silla de alto espaldar frente al escritorio y leyó:

> *A Felipe le dije:*
> —*Como tú quieras.*
> *Pero esa noche, en la cama, daba vueltas sin poder dormir. ¿Cómo iba a darle un hijo a Felipe que quizás era hijo de otro? Es un engaño brutal, me repetía, el más despiadado porque dura toda una vida, es irreversible, no hay virtud que lo borre, no hay verdad que pueda cancelarlo. Se trata de una vida humana. Se trata de la paternidad de un hijo. Se trata de un niño que puede vivir toda su vida pen-*

sando que su padre es un hombre y luego resulta que es otro. Se trata de vivir una mentira, de ser un embuste. ¿Puedo o no puedo?, me preguntaba. No. Mi corazón cobarde y egoísta repetía no, no y no. ¿Qué era preferible? ¿Ser una asesina, o destrozar la vida del hombre a quien amaba? No quería hacerle daño a Felipe. Parir este hijo que llevaba en las entrañas quizás significaba engañarlo y que viviera una mentira por el resto de su vida. Claro que podía parir el hijo y, a través de los años, según fuera creciendo, me iría dando cuenta de quién era el padre. Podía ser que pudiera deducirlo por el parecido en el andar, por los gestos, la voz, el pelo, los ojos. O también podía suceder que nunca pudiera saberlo; a veces los hijos no se parecen a los padres sino a las madres, los abuelos o los tíos, o a todos juntos o a ninguno en particular. Es probable que muchas mujeres a través de la historia pasaran por el dilema que yo pasé. Muchas tendrían hijos de hombres que no eran sus maridos y los criaban junto con los hijos del marido. El verdadero padre nunca se enteraba y el marido tampoco. Jamás hemos sabido exactamente lo que pasó porque a las mujeres nunca nos dejaron hablar, pero no dudo que las mujeres siempre le hayan sido infieles a los maridos. Ahí está el Decamerón *como prueba, y* Las mil y una noches *y el* Satiricón. *Puedo imaginar una historia: Marcela está casada con Joaquín hace ocho años y ya tienen cuatro hijos. Marcela vuelve a quedar preñada y es normal que a su edad, a los veintiocho años, vuelva a concebir. Viven en un pueblo de España, Francia, Noruega, China, Italia, México o Puerto Rico y puede ser en el siglo I antes o después de Cristo o en el siglo XVIII, da igual. El marido de Marcela tiene un primo que los visita a menudo. Es muy bello y le da la vuelta a Marcela cuando el marido no está en casa. Ella no sabe cómo le sucede, pero un día al verlo entrar en la cocina el corazón comienza a latirle aceleradamente. Otro día, y otro más, vuelve a sucederle lo mismo y finalmente tiene que aceptar que se ha enamorado. Una tarde sale al campo a recoger frutas (uvas, mangos, nísperos o limones) y se lo encuentra. Hacen el amor en el bosque. Durante tres meses consecutivos se encuentran en cuevas, garajes, graneros y huertos, pero un día el primo del marido no viene. Pasan las semanas y no sabe nada de él y se pasa las horas pendiente de su voz. Ya sabe que está preñada e ignora quién será el padre. No se atreve a decirle a su madre lo que le sucede; ésta vive en un pueblo cercano y sus dos hermanas también. Un día va a la iglesia o a un templo pagano y se arrodilla frente al altar. "Virgencita de mi alma", dice, "ayúdame". Se le ocurre, probablemente porque la virgen o alguna diosa se lo coloca en el jardín de su imaginación, pedir consejo a un sacerdote. Entonces hace fila para confesarse y mientras espera admira las estatuas de piedra de los santos o dioses. Al cabo se arrodilla a un lado de la caseta del confesionario y dice las palabras mágicas como si dijera "ábrete Sésamo": bendígame Padre porque he pecado. El sacerdote asiente, la bendice con su mano derecha y con la izquierda pega la oreja a la ventanilla.*

—Padre —dice Marcela balbuceante— voy a tener un hijo de un hombre que no es mi marido.

El cura resopla:

—¡Cómo, hija! ¿Estás segura?

—Casi.

—¿Cómo has podido hacer eso?

—No sé, padre, soy débil, él era hermoso; era primo de mi marido, ¿sabe?

—¿Y tu marido está enterado?

—No, padre, cree que el hijo que va a nacer es suyo.

—¿Podría ser suyo, hija? Explícame cómo sabes que no es suyo.

—Ese mes casi no follé con mi marido, padre. Él estaba trabajando en otro pueblo.

El sacerdote reflexionó algunos segundos y luego dijo:

—Si a pesar de eso tu marido no se ha dado cuenta, cállate la boca, mujer. Es lo que conviene para evitar males peores.

—¿Dios me perdona, padre?

—Sí, hija, claro que sí. Vete y no vuelvas a pecar. ¿Qué pasó con el primo, con el supuesto padre de la criatura? ¿Desapareció?

—Sí, padre, no ha regresado y lo he llorado muchísimo.

—Llora un poco más para que te limpies y reza cincuenta padrenuestros y cincuenta avemarías.

Sin mayores aspavientos, el sacerdote le da la absolución y despide a Marcela. No se ha mostrado particularmente espantado por la confesión, lo cual induce a pensar que es un relato bastante común y corriente. Marcela regresa a su casa aliviada, segura de que si Dios la perdona no importa que tenga al niño y lo críe como a los demás y él crea que su padre es otro hombre.

Puedo imaginar esto y más, muchas pero que muchas más historias alternas. ¿Y mi historia cuál es? Es lo que me cuesta trabajo escribir. No deseo justificarme. No deseo tener razón. Me declaro culpable de todo. Pido perdón. Quisiera irme a la avenida Ponce de León y pedirle perdón a todo el que pasara. Y al Paseo de Diego en Río Piedras también quisiera ir a hacer lo mismo, y a Plaza Las Américas. Podría subir de rodillas las escaleras mecánicas para purgar mi culpa. Cierro los ojos y lo hago. He pedido detengan las escaleras. Lo hacen y me arrodillo en los escalones de metal estriado. Me duelen las rodillas desnudas; está frío el acero debido al aire acondicionado. Una muchedumbre de consumidores se detiene a mirarme. Subo peldaño a peldaño y al llegar arriba las rodillas me sangran. Abro los ojos. No puedo escapar. Recuerdo aquel día aciago en el cual yo le dije a Felipe que no quería el bebé.

—No lo quiero, Felipe —le dije, desesperada. Dos buenos lagrimones bajaban por mis mejillas.

Él me miró, dolido.

—¿Quieres abortar?

—Sí —afirmé convencida.

Como por aquellos tiempos el aborto todavía era ilegal en Puerto Rico, Felipe frunció el ceño.

—Tendré que averiguar quién puede hacerlo
—dijo entre triste y resignado.

Ignoro por qué Felipe no peleó por aquel a
quien creía su hijo. Tal vez sospechó algo y se hizo el
loco. Tal vez él tampoco lo quería y no me lo dijo para
que yo cargara con toda la responsabilidad. Nunca
lo sabré. Hay un lado opaco en Felipe. Ignoro si me
oculta aspectos de su vida. Pero es que en el fondo yo
pienso que tiene derecho a esa libertad. Es posible él
crea lo mismo de mí; aunque nunca me lo ha dicho.
Quizás por eso siempre lo he amado. Quizás por eso
no nos aburrimos el uno con el otro. Entre nosotros
existe siempre un espacio de incertidumbre y de misterio. El precio, claro, es la soledad; ya lo he dicho
antes. Era lo que don Enrique quiso aliviar y yo no se
lo permití.

El día que tomé la decisión de abortar también tomé la decisión de abandonar mis estudios en
la universidad. Quería dedicarme en cuerpo y alma
a mis dos hijos y a mi marido como una forma de poner
en orden mi vida. Después siempre me he arrepentido
de haber dejado mis estudios de premédica; por eso en
parte fue que insistí tanto en que María Isabel regresara a la universidad. Ella sí pudo hacerlo, aunque
le costara su matrimonio. Yo en cambio escogí el otro
camino. Fue como si ella hubiera nacido para hacer
lo que yo no pude hacer y, a la inversa, yo hice lo que
ella no pudo: conservar mi matrimonio. Aunque en
verdad yo creo que la relación de Andrés Orsini y
María Isabel era fundamentalmente sexual. Ella se
cegó con su cuerpo; no la culpo, yo misma tenía que
disimular el placer que me producía mirarlo. Pero
ese arrebato erótico no dura. A María Isabel y Andrés
les duró unos cinco, casi seis años. Cuando nació la
nena ya María Isabel había comenzado a enfriarse.

Fue lo que a mí me pasó con don Enrique. Cuando quedé preñada, ya yo había comenzado a enfriar-
me. Don Enrique no. Al menos no lo parecía. Las
últimas veces que estuvimos en el motel de Caguas me
lo quería meter por todas partes. A pesar de mi creciente

alejamiento, me hizo venir dos o tres veces y, como
solía sucederme, grité hasta casi desvanecerme. La última vez en el motel ya había tomado la decisión de
abortar y al otro día tenía una cita con el médico. Sin
embargo, mi agitación emocional no impidió que dis-
frutara el sexo. ¡Váyase a saber los misterios que encierran los mecanismos del cuerpo y el placer! A don
Enrique no le dije nada. Ni siquiera le mencioné que
iba al médico. Cuando me llevó al estacionamiento
frente a la universidad a recuperar mi Ford azul, yo
supe que era la última vez que lo haría.

Él ni siquiera lo sospechaba. Para él, íbamos
a vernos dentro de dos o tres días. Claro que yo podía
haber vuelto a verlo después del aborto, después que
me curara y tomara la determinación de no olvidarme
de las pastillas contraceptivas. Podría haberlo hecho
si hubiera sido más dura y fría, si hubiera podido
diferenciar entre el placer sexual y el amor, entre la
compañía y el amor. Pero no pude. En realidad ignoro si es posible. Dicen que hay hombres y mujeres que
pueden establecer las diferencias y hacer deslindes,
adjudicar espacios distintos a emociones distintas. Yo
jamás pude ni podré.

Al otro día entonces, como iba diciendo, visité
la oficina del médico de los abortos. Era un ginecólogo que atendía mujeres para asuntos normales como
partos, hongos vaginales y pruebas de cáncer. Los
abortos los hacía por la izquierda, a escondidas, en
un hospitalillo de mala muerte ubicado en la avenida Fernández Juncos.

—Es igual que hacerte un raspe, mija —me
dijo mirándome con absoluta frialdad.

Menos mal que Felipe me acompañaba porque por poco me desmayo. El doctor era un hombre
delgado y muy blanco, medio calvo y de espejuelos,
que más parecía un corredor de bolsa que un médico. Me pareció detestable desde que dijo la primera
palabra, pero como no podía darme el lujo de dudar
me puse una venda sobre los ojos del corazón. Felipe
fue quien más habló. Quedaron en un precio, unos

seiscientos dólares, y en una fecha. cinco días después. No era aconsejable esperar más pues luego de dos meses los riesgos son mayores. Además, yo aún no sentía el bebé y ni siquiera había engordado de cintura. Siempre que quedaba preñada lo primero que me sucedía era perder la cintura; luego me crecían las tetas y me aumentaba de volumen el bajo vientre. También se endurecía. Eso y el malestar que ya mencioné, las vomiteras matinales y los mareos.

Mientras Felipe y el médico negociaban me di cuenta que estaba temblando. No era por miedo a morirme, sino por lo turbio del asunto, por su ilegalidad. Menos mal que ya no es ilegal, pues aunque siempre es una decisión difícil, el peligro de ir a la cárcel no es ningún chiste. Esa gente que se opone a que el aborto sea legal está bien loca. Bien se ve que no ha tenido que pasar por lo que yo pasé. Tuve suerte porque tenía dinero. Las mujeres pobres no podían pagar seiscientos dólares ni irse a Noruega o a Suecia donde en esa época ya era legal. Yo podía haber hecho eso último pero Felipe no quiso. Se lo sugerí y me dijo:

—Si vas a Suecia te vas sola. No puedo ausentarme del negocio en estos días, aunque tal vez María José o tu madre te puedan acompañar.

Sentí terror de que mi madre y mi hermana se enteraran y entonces preferí la opción de ser una criminal.

Nunca olvidaré aquel día. Nos levantamos a las cinco de la mañana y ya a las seis estábamos en el hospitalillo. Había otras muchachas esperando antes que yo, unas tres o cuatro, y eran norteamericanas. Al parecer volaron a Puerto Rico a hacerse un aborto porque en los Estados Unidos también era ilegal por aquellos años y era mucho más difícil tener hospitales clandestinos allá que acá. De hecho, Puerto Rico era un centro de abortos; claro que para gringas ricas, se veía a leguas que eran unas WASP (white anglosaxon protestants), rubias de ojos azules estilo Grace Kelly y muy jóvenes, posiblemente víctimas de excesos universitarios. Parecían espantadas de estar en un lugar tan siniestro y hablaban poco entre sí; yo sólo pude conversar con la más joven.

—Tengo quince años —me dijo.

Después me susurró, bajito para que las demás no la oyeran, que su padrastro la había violado. Me dio una pena horrible escucharla decirlo así, como quien cuenta que chocó el carro. Se veía tranquila pero supe que no lo estaba, que era una máscara que se había puesto para poder afrontar la realidad. Me lo dijo mi intuición de madre. Y me pregunté: ¿Qué habría hecho yo en su caso? "Lo mismo que ella", me respondí. Y luego volví a preguntarme: ¿Qué destino le esperaría a esta niña si no existieran clínicas de abortos? Dar el bebé en adopción, claro está, pero, ¿y mientras paría, qué? Y luego el resto de su vida tendría que olvidarse de que tuvo un hijo. Por supuesto que era preferible a matarlo. No lo dudé un instante y tampoco dudé el dolor que sentía aquella niña. Se cortaba de raíz el problema a un costo muy alto. A las otras gringas no les hice preguntas y me arrepiento porque me hubiera gustado saber lo que pensaban, cómo se sentían afectadas. Al llegar a la clínica una enfermera me había indicado que entrara a una habitación, amueblada únicamente con una cama y una silla, donde me impartió instrucciones. Debía desnudarme totalmente y ponerme una bata blanca de hospital, de esas abiertas por detrás. Me desnudé, coloqué mi ropa sobre la silla, me quité los zapatos y me puse unas chancletas plásticas que encontré junto a la bata. Al cabo de diez minutos la enfermera vino a buscarme y me llevó a una sala de espera, frente a la sala de operaciones, donde ya esperaban las gringas. Los espacios no estaban impecables de limpios, pero tampoco puede decirse que estuvieran demasiado sucios. No quería mirar mucho, no fuera a arrepentirme de estar allí, con el asco que me daban los hospitales sucios. Recuerdo, eso sí, que olía mucho a desinfectante. Todo este tiempo que yo estaba con las gringas esperando, Felipe estaba afuera en un cuarto acompañado úni-

camente por un televisor y una máquina de refrescos.
Eso me lo contó después.

No recuerdo cuánto tiempo estuvimos esperando. Al cabo la enfermera llamó a la primera gringa y ésta desapareció, arrastrando los pies, detrás de dos puertas de aluminio pintadas de gris. A los veinte minutos llamaron a la segunda gringa y así sucesivamente hasta llamarme a mí, que estaba tan sola y tiritando de frío en aquel lugar inhóspito, que ya me parecía que habían transcurrido, no horas largas, sino días enteros. Entré a la sala de operaciones caminando derechita y muy decidida y dos enfermeras me acostaron en una mesa ubicada debajo de unos reflectores. El médico, a quien reconocí a pesar de la mascarilla, me acarició la frente y me tomó el pulso.

—Tranquila, mijita, tranquila —me dijo con mucho cariño.

Entonces me puso una máscara de gas sobre la cara y me dormí al instante. Lo último que recuerdo fueron las luces potentes que se prendieron por toda la sala. Las enfermeras también usaban guantes de goma y mascarillas de algodón sobre la boca y la nariz.

Desperté en el cuarto donde me había desnudado, acostada bocarriba sobre la cama. Felipe estaba sentado en la silla junto a mí y sonreía al verme intentar abrir los ojos. Sostenía una de mis manos y la besó a modo de saludo. Creo que en ese momento lo amé más que nunca y supe que ya no podría volver a ver a don Enrique. Antes de la operación, mientras esperaba en la sala, había pensado en don Enrique. No lo culpaba, él me amaba de veras, pero yo, bueno, yo no le correspondía. No deseaba un hijo de él, no deseaba ni siquiera la duda de que un hijo fuera de él. Quería olvidarlo, quería cerrar la puerta de ese episodio en mi vida y con un hijo no podría cerrarlo nunca. La tarde anterior alguien había llamado a casa y no quise contestar el teléfono personalmente. Contestó María Isabel las tres veces y se cansó de decir aló aló. Sólo obtuvo silencio y Toñita se molestó porque cuando llaman así y se quedan callados a ella como que le da miedo.

María Isabel apartó los ojos del manuscrito e intentó recordar aquel aló aló. Fue inútil. Lo había olvidado tanto que ni porque rebuscó en los sótanos del inconsciente por un buen rato, haciendo un esfuerzo de concentración, logró recuperar aquel sonido. Le era más fácil recuperar imágenes; por eso sólo tenía de don Enrique aquella visión brumosa de un hombre de bigote canoso caminando por una playa. Al cabo de unos minutos respiró hondo y continuó leyendo:

Nunca quise que mi madre y mi padre se enteraran. Creo que mi padre no habría estado de acuerdo y supongo que si se entera del asunto de don Enrique no lo sobrevive. Ése era otro de los terrores que me sobrecogía: el sufrimiento de mis padres, su bochorno, su ira, su incomprensión. En estas páginas he tratado de contar mi historia tal y como sucedió, pero no podía habérsela contado así a mi madre; y menos aún a mi padre. Si cierro los ojos imagino a don Pepe Sabater expulsándome de su casa con un látigo en la mano.

Aquel día en el siniestro hospitalillo me sentí desamparada porque aquellos que siempre me habían protegido no estaban allí. En mi momento de necesidad, la única persona en quien pude confiar fue en Felipe y me respondió con generosidad. Por eso, en el momento en que abrí los ojos su sonrisa me llegó al alma. El vientre me dolía y sangraba montones pero ya no tenía malestar en el estómago y sentía un alivio emocional indescriptible. El amor por Felipe invadió todas las regiones de mi ser y se me metió para siempre debajo de la piel. A veces el amor tiene que ver con el agradecimiento. No son lo mismo, pero en mi caso se confundieron en un solo sentimiento.

Mis padres y mis hermanos nunca supieron ni tan siquiera que yo había estado indispuesta. Creo que aquella mañana mi madre llamó y Toñita le dijo lo que yo le había dicho que dijera: "los señores andan fuera en asuntos de negocios". Como eran los asuntos que mi madre nunca entendió, lo olvidó en seguida. No lo mencionó a mi padre, quien habría preguntado. De modo que el domingo siguiente fuimos a almorzar a la casa de Miramar como si nada hubiera sucedido. Al cabo de tres horas en aquel cuarto del hospitalillo, tres horas durante las cuales Felipe no se había separado un instante de mi lado, me había levantado. Caminé un poco sin marearme. El médico vino, me examinó y me encontró bien. Al mediodía me dio de alta, volvimos a casa y ya esa tarde yo atendía a los niños y me sentaba en el piso a ver televisión con ellos. Mis hijos me notaron algo cansada por dos o tres días; no quise llevarlos a la playa ni nadar con ellos en la piscina de nuestra casa; pero pronto recuperé la normalidad. Estuve sangrando abundantemente por diez días. Además, tuve que abstenerme de tener relaciones sexuales con Felipe por un mes. Luego me sentí perfectamente y lo deseé con la emoción agradecida de quien debe su vida a una persona. Él entonces me dijo:

—Vámonos a Italia.

Yo salté de alegría:

—Sí, sí, ¡qué buena idea!

Ignoraba por qué justamente ahora. Tal vez era por mí, para que yo tuviera un descanso emocional, y tal vez era que Felipe había hecho un buen negocio. No pregunté. Preferí no saber. Nos fuimos a mediados de octubre y nos tocó un clima otoñal maravilloso. Volamos a Madrid y de Barajas volamos a Milán, donde alquilamos un Mercedes-Benz plateado que nos llevó a Verona. Felipe conducía feliz, encantado con las carreteras y el paisaje de Italia. Nos fascinó Verona. Era dorada todo el día y no sólo al atardecer, porque la piedra con la que construyeron los edificios del barrio antiguo era del mismo color que la luz del ocaso. Yo caminaba como embobada por sus calles y sus plazas y jugaba con Felipe a que veía a Julieta asomarse a un balcón. Desde la calle, Romeo le cantaba una canción a Julieta. Encontré que todas las jóvenes parecían vírgenes de Boticelli y

todos los jóvenes parecían príncipes de Piero della
Francesca. Luego fuimos a Venecia y de regreso paramos en Padua, Bologna, Florencia y Siena. Los
campos de la Toscana, cultivados durante milenios,
acababan de ser segados pero en algunas fincas el
trigo maduro todavía se mecía con la brisa. Los bosques del otoño me golpearon con su belleza multico-
lor. Durante un mes paseamos por el norte de Italia
y quedé convencida de que era una región más bella
que mis sueños más atrevidos. En aquellos espacios
todo lo que yo pudiera imaginar era un grano de
arena que se encogía ante las majestuosas dunas de la
realidad.

12

Un cáncer fulminante devoró su hígado. Sonia comenzó a sentirse débil y a padecer mareos y dolores fuertes en el vientre a mediados de octubre y ya para principios de noviembre estaba muerta. Su hermano, el doctor Ernesto Sabater, María Isabel e infinidad de otros doctores que intentaron dar una opinión, no se lo pudieron explicar. Era como si su propio cuerpo fuera su principal enemigo; generó el monstruo en sus propias entrañas y luego no hizo el más mínimo esfuerzo para combatirlo.

—Mami, mírame, ¡lucha! —le decía María Isabel sacudiéndole los hombros. Intentaba sentarla en la cama para colocar la espina dorsal en una posición menos pasiva.

Sonia entonces la miraba y sonriendo con infinita ternura decía:

—No te molestes, nena.

—¡No!

María Isabel se desesperó. ¿Cómo hacerle entender a su madre que era necesario querer vivir?

Fue inútil. Sonia no hizo caso ni de su hija ni de su hermano ni de los innumerables especialistas que desfilaron por el hospital San Pablo. Felipe, muy afectado, hizo venir a los médicos más prominentes, pero era un caso terminal. María Isabel nunca había visto llorar a su padre, pero el día en que un especialista norteamericano que había viajado desde Nueva York dio su diagnóstico, Felipe se derrumbó. Se sentó en el sofá de una salita del hospital y hundió el rostro entre las manos. Sollozó con gemidos. Sollozó con una voz que le venía del fondo de sus espacios más recónditos. Lloró largo y tendido como quien llora una pena viejísima. María Isabel fue a consolarlo y la rechazó. Antonio, quien desde los primeros días había volado desde California, abrazó a su hermana.

—Déjalo llorar —dijo mientras se secaba con el dorso de ambas manos los lagrimones que rodaban por su rostro.

Antonio a duras penas podía articular sus pensamientos. María Isabel lo miró y sólo pudo decir:

—¿Te acuerdas cuando Mami nos llevaba a la playa?

Doña Ernestina llegó corriendo seguida por María José y preguntando que qué habían hecho con su hija. Entró a la habitación de Sonia mandando al infierno a médicos y enfermeras.

—Hija, ¿qué te pasa? —le dijo aproximándose a la cama con sus pasos rápidos y arrastrando los pies.

Sonia abrió los ojos pero no pudo contestar. Había estado toda la mañana con un dolor horrible y acababan de ponerle una inyeccción para calmarla. Al verla en aquel estado, doña Ernestina empezó a llamar a gritos a los médicos. María José la detuvo:

—No, Mamá, ellos han hecho ya lo que han podido.

Doña Ernestina entonces se arrodilló a rezar. Estuvo un rato hablando con Dios, la Virgen y los santos de su predilección y luego sacó de su cartera una estampilla de la Virgen del Carmen y se la puso entre las manos a Sonia.

—Reza conmigo, mija —le susurró en el oído. Sonia abrió los ojos, intentó sonreír y dijo:

—Gracias, Mamá. De veras sé que lo sientes. Pero te quiero decir algo. Sólo a ti quiero decirlo.

Doña Ernestina acercó su oído a la boca de Sonia y ésta le confesó:

—Yo me quiero morir. Me siento aliviada de pensar que me voy a morir.

Doña Ernestina se espantó:

—No puede ser, nena. ¡Qué diría tu padre!

La viejecita movía la cabeza de un lado para otro y protestaba.

—Fíjate que no te puedes morir antes que yo. No se ve bien. ¡Qué dirá la gente!

María José tuvo que llamar a María Isabel, quien estaba consultando con un grupo de médicos, para que tranquilizara a la anciana.

—Abuelita —le explicó con una tristeza empapada de dulzura— no se puede hacer nada. Debemos conformarnos. Sólo un milagro puede salvarla.

Doña Ernestina lloró en los brazos de su nieta doctora porque a ella podía creerle. Luego se fue a sentar al lado de su hija y nadie pudo separarla de allí hasta el día en que Sonia comenzó con los estertores de la muerte. Allí le pusieron un catre a la viejita y en el baño del cuarto del hospital María José la ayudaba a bañarse y allí sentada en aquella silla comía lo que sus hijos le llevaban. Juan Sabater, su hijo mayor, insistió en llevársela a su casa en Guaynabo, pero ella nonines. Tampoco hizo caso de las advertencias de Ernesto, su hijo menor y doctor en medicina interna, quien le auguraba muchos males si no se cuidaba. Las dos semanas y media que duró la agonía veló junto a su hija como si aquella cama de hospital fuera un altar.

Al cabo Sonia cesó de respirar. Fue un alivio para todos ver que al fin dejaba de sufrir, pero doña Ernestina no se consolaba. A pesar de que el rostro de Sonia quedó nimbado por una especie de aura de bienestar, y a pesar de que sonreía (extrañamente sus labios dibujaban una sonrisa), doña Ernestina no cesaba de gemir, de hablarle y de contarle cuentos infantiles. Hubo que retirarla a la fuerza, luego de que hicieran efecto los tranquilizantes que le disolvieron en el jugo de toronja.

María Isabel no supo cómo sobrevivió al dolor. Desde el comienzo de la enfermedad de su madre había pedido vacaciones de sus labores como doctora residente en el Centro Médico y no se separaba de su cama. Día y noche, junto a su abuela, inspeccionaba personalmente todas las pruebas de laboratorio y las placas de rayos X. Fue al ver a su madre allí postrada que se dio cuenta lo mucho que significaba para ella. Sin hacer ruido, como quien camina en las puntas de los pies, Sonia había sido su apoyo más firme e incondicional. No podía ni imaginar la vida sin su madre, aquel ser que siempre que la necesitó estuvo allí y que nunca le hacía preguntas.

Sonia no había conocido a Héctor, pero hacía ya un tiempo sospechaba, por el comportamiento de su hija, que ésta tenía un amor secreto. Algo le había comentado también doña Ernestina. Le había dicho: "la nena estuvo en Ponce con un hombre guapísimo, dizque era doctor". Como la hija no lo había traído a la casa de Miramar y ni siquiera le había hablado de él, debía ser casado, pensó. Era lógico. Entonces al ver que el americano, como le decía Felipe Gómez a Bob Williams, comenzaba a llamar por teléfono a María Isabel al menos una vez por semana, Sonia le había dicho:

—Nena, ese gringo sí te conviene.

María Isabel la había mirado sorprendida y tuvo que reírse de su inocencia. ¡Su madre haciendo de alcahueta! No le iba el papel. Luego consideró: "Y qué quiso decir con éste sí te conviene?" Probablemente sospechaba algún asunto turbio. "Debe ser que sabe lo de Héctor. Está esperando que yo se lo cuente y no le daré el gusto", había pensado, con la psicología de niña malcriada que a veces asumía frente a su madre.

Así estaban las cosas cuando sobrevino la monstruosa enfermedad. Los tres meses previos a la gravedad de Sonia habían sido duros para María Isabel. La relación con Héctor se había vuelto difícil y no sabían cómo ponerle fin. Aunque lo hablaban no podían llevar a cabo sus decisiones de ruptura.

—Debemos terminar la relación, mi amor —le recordó un día, nuevamente, María Isabel a Héctor.

Estaban disfrutando un café en la cafetería del hospital mientras tomaban un breve descanso. La noche había sido caótica. Tres muertos y cinco heri-

dos en el tiroteo del residencial público Lloréns Torres
y dos muertos más en el barrio Cantera; estos últimos
llegaron vivos y murieron en los brazos de María Isabel. Uno tenía dieciséis años y era aún un niño, alto y
flaco, con un arete en la oreja derecha y un recorte con
el pelo rapado hasta la altura de los ojos. En ese momento había pensado en sus dos hijos mayores, que
crecían robustos y superprotegidos al cuidado de su
madre y las niñeras, y había dicho en voz alta, tan alta
que las enfermeras a su alrededor se habían asustado:

—¡Es injusto! ¡Es injusto!

Después miraba a Héctor y se preguntaba por
qué tenía que ser así, por qué tenían que amarse con
tanta profundidad si era imposible. También era injusto. Trató de explicarle:

—Nuestro amor es un lujo que en este momento no podemos darnos. Las responsabilidades van
primero: tu familia y tu trabajo.

Héctor se puso serio.

—¿Quieres dejarme?

—Ya lo hemos hablado en múltiples ocasiones. Sólo te digo lo que te conviene.

—¿Y por qué no me dejas a mí decidir qué es
lo que me conviene?

María Isabel hizo un gesto de ¡ya! ¡ya! colocan-
do ambas manos abiertas frente a su pecho. Esa noche
se escabulleron del hospital durante media hora e hicieron el amor en el estacionamiento, detrás de unos
pocos carros que estaban alineados debajo de un árbol
de tamarindo. Como eran las tres de la madrugada, el
área estaba desierta a excepción de esos carros; uno
era el Toyota rojo de Héctor, otro el Mazda gris de María
Isabel y los demás pertenecían al personal nocturno.
Se amaron con las batas de hospital y demás ropas
puestas; Héctor le levantó la falda y ya María Isabel
gemía de placer al sentirse penetrada cuando comenzó
a llover. La mojadera les redujo las tensiones y se rieron con ganas. Besándose y empujándose tuvieron que
suspender el acto sexual para buscar las llaves del carro de Héctor. Se metieron en el asiento de atrás, y

ensopados como estaban resumieron con bastante incomodidad lo que dejaron pendiente. El orgasmo los arropó justo en el momento en que el aguacero arreció tanto que la carrocería del automóvil, golpeada por los goterones, parecía el cuero de un tambor. Regresaron a la sala de emergencia justo a tiempo para atender a una señora con un infarto y a un niño con un ataque epiléptico. Entre carreras para obtener bolsas de suero y medicamentos, Héctor le guiñó un ojo y María Isabel se sintió sin voluntad para actuar de acuerdo a sus decisiones más razonables.

Inicialmente, el asesinato de Alberto había afectado la relación. La mañana en la que María Isabel abrió el periódico y leyó la noticia, llamó en seguida a casa de Héctor. Le contestó Luci y de inmediato le expresó su espanto ante lo ocurrido. Luci estaba muy impresionada también.

—No me lo explico, María Isabel. Hablé con él anteayer.

Héctor vino al teléfono y la tranquilizó:

—No te pongas nerviosa —le dijo, pero era evidente que era él quien estaba nervioso.

—La policía está investigando —añadió.

Al parecer el asesino fue muy astuto, porque varios meses después aún no encontraban una pista. Se rumoró un lío de drogas, pero otros dijeron que era un lío de faldas. Luci y Héctor no se atrevieron a opinar; otros sí, y con creces. Un publicista que había sido amigo de Alberto visitó a María Isabel un día en su oficina.

—Alberto estaba enamorado de ti —le dijo—, me lo confesó en varias ocasiones.

Ella sintió tanta vergüenza que no sabía dónde meterse; se habría escondido debajo del escritorio si hubiera podido. Sólo pudo decir, aturdida:

—No lo sabía. Lo siento.

El publicista asintió.

—Me lo figuraba. Pensé hacer esto último por él: dejarte saber cómo él se sentía.

—Gracias, gracias —dijo ella mirando el piso.

Luego calló. Deseaba que la visita terminara.

No quería hablar de Alberto. ¿Qué quería el amigo? ¿Hacerla sentir culpable? El amigo percibió su incomodidad y se levantó para marcharse.

—Tal vez lo mataron por celos —dijo al despedirse, y salió sin esperar respuesta.

María Isabel se estremeció. ¿Qué había querido decir aquel tipo? Durante todo aquel día y varios días más se debatió entre si contárselo o no a Héctor y finalmente desistió. Héctor se mostraba taciturno y alterado, a menudo ella le hablaba y él no respondía, como si estuviera sumido en un laberinto de túneles oscuros. No quería complicarle aún más sus asuntos. Cuando Sonia enfermó de gravedad, hacía varios días que no hablaban.

Tan pronto Héctor se enteró, sin embargo, se presentó en el hospital San Pablo. Llegaba directo del Centro Médico porque aún vestía su bata blanca de trabajo. Sonia estaba dormida y doña Ernestina aún no había llegado de Ponce. Antonio tampoco había llegado de California y María Isabel estaba supervisando el suero a ver si bajaba bien. Los hermanos de Sonia, Ernesto y Juan, hablaban con Felipe frente a la puerta. Héctor los saludó con una leve inclinación de la cabeza pues sospechó serían familiares y entró al cuarto. Al verlo María Isabel le extendió la mano izquierda. Él la estrechó entre las suyas y preguntó:

—¿Cómo está? Vine en seguida que lo supe.

María Isabel hizo un gesto negativo:

—Mal.

—¿Cuál es el diagnóstico?

—Cáncer —y añadió, mirando las venas del dorso de las manos de Héctor— del hígado.

Héctor la abrazó conmovido y ella lloró en su pecho.

Tuvieron que separarse cuando Felipe entró al cuarto. María Isabel los presentó:

—El doctor Héctor García; mi padre Felipe Gómez.

—Un placer conocerlo —dijo Felipe, consternado—. ¿Usted es especialista en esta enfermedad?

—Todavía soy residente, compañero de María Isabel en el Centro Médico. Lo siento.

—¿Quiere decir que no puede curármela? ¿Entonces para qué sirven los médicos?

—Se hará todo lo posible, señor Gómez —dijo Héctor muy turbado.

María Isabel lo tomó por un brazo y lo alejó de su padre, quien fue a sentarse junto a la cama de Sonia.

—Debes excusarlo. Está desesperado.

—Lo sé. Lo entiendo. ¿Y tú? ¿Cómo te sientes tú?

María Isabel percibió en Héctor una preocupación por ella que trascendía el momento. "Este hombre me ama", pensó, "pues está preocupado por mí, por cómo me siento".

Durante los días que siguieron esta certidumbre la mantuvo en pie. Una tarde estaba en el cuarto con doña Ernestina y la tía María José y Héctor entró. Doña Ernestina, que en ese momento se levantaba para ir a orinar, lo reconoció enseguida.

—Mira, nena, tu amigo doctor.

María Isabel tuvo que sonreír a pesar de la situación. La abuela era algo especial. María José también lo saludó con familiaridad y Héctor se sintió cómodo. Hasta que duraron los últimos estertores de la agonía, Héctor no dejó de visitar diariamente. Si tenía turno en el Centro Médico se escapaba por una hora para verla al menos un ratito. Dos o tres veces se encontró con Andrés Orsini, quien sentía la enfermedad de Sonia como si de su propia madre se tratara. Andrés lo saludó fríamente al ser presentado y algo debió sospechar al ver a Héctor hablando con María Isabel, pues se volvió huraño y malhumorado de repente. En cierto sentido la enfermedad de Sonia lo preocupaba más que a nadie, pues ella había sido la encargada de la crianza de sus tres hijos. Había estado esa tarde a verlos en la casa de Miramar y los había encontrado muy afectados.

—¿Y abuela? —dijo el mayor.

—¿Y abuela? —dijo el segundo.

—¡Quiero ver a Mamía! —dijo la nena.

Eran preciosos. Sonia les había dedicado todo su tiempo y atención y ya cursaban cursos regulares en la Academia del Perpetuo Socorro. Andrés los llevó al cine a ver una película de dibujos animados sobre una india norteamericana que se enamora de un explorador blanco y a la salida se antojaron de barquillas de mantecado. Al dejarlos en la casa de Miramar en manos de las niñeras, Andrés se preocupó porque los tres dijeron, casi con una sola voz:

—¿Y Mami, cuándo viene?

Esa noche, al visitar el hospital, Andrés se molestó con la presencia de Héctor en el cuarto. Al llamar aparte a María Isabel, sin embargo, sólo le dijo:

—Nuestros hijos te necesitan. Ve con ellos. Tu madre tiene a su madre junto a ella.

El tono era de regaño y a María Isabel le molestó.

—Andrés, ¡mi madre se está muriendo! —gimió.

—Comprendo, pero tus hijos también te necesitan.

Tuvo que aceptar que Andrés tenía algo de razón y agradeció que se preocupara por sus hijos. Esa noche se escapó un rato para estar con ellos y la alegría que sintió al verlos la sorprendió. Entonces pensó: "Nada alivia más el dolor de la muerte que un niño". La rodearon abrazándola y besándola y se tiró al piso a jugar al esconder con ellos. Cuando le tocó al mayor buscar a los demás, María Isabel y la nena se escondieron debajo de una cama y al levantar la falda de la colcha las encontró acurrucadas y muertas de la risa. Una vez los niños se hubieron dormido regresó al hospital, porque no podía dormir pensando que su madre la necesitaba, que iba a sucederle algo si ella no estaba a su lado. Ya eran las once y doña Ernestina, María José y Felipe estaban en el cuarto. Sonia había comenzado a agonizar. A las siete de la noche del día siguiente dejó de respirar.

El velorio se llevó a cabo en una funeraria ubicada en la avenida Ponce de León y fue muy concurrido, porque los Gómez-Sabater eran una familia muy conocida y uno de los deberes fundamentales de la

tradición familiar puertorriqueña es asistir a los entie-
rros. La noche de su muerte Sonia fue embalsamada y
transportada a una capilla, donde se la veló una noche
y una madrugada a la luz de dos cirios y multitud de
coronas de flores. A las tres de la mañana todavía estaban llegando coronas de rosas, claveles, lirios, crisan-
temos, azucenas, orquídeas y gladiolas y a las diez de
la mañana siguiente, justo antes de comenzar la misa,
seguían llegando. Héctor estuvo un rato en la capilla la
noche antes del entierro. Quiso ofrecerle el calor de su
cuerpo el más tiempo posible a María Isabel y se sentó
a su lado. Ella sonrió:

—Gracias —dijo para que él supiera que apre-
ciaba su gesto.

Cuando se está sufriendo, un cuerpo amado es
lo que más ayuda. Es como un madero al cual asirse en
medio de un naufragio. El calor de aquel cuerpo la
ayudaba a continuar respirando.

—Mañana vendré con Luci —le dijo Héctor en
voz baja al despedirse—, me lo ha pedido.

María Isabel asintió.

—Gracias por advertírmelo.

Era muy considerado de su parte, reflexionó,
pero volvió a pensar en lo injusto que era todo. ¿Por
qué su madre quería morirse? ¿No pensó que la dejaba sola? "Ese hombre sí te conviene", le había dicho.
Bob Williams jamás sospechó que había tenido una
aliada tan poderosa.

Quizás los consejos sentimentales de su madre
comenzaron a repicar en su cerebro, pero lo cierto fue
que cuando Bob Williams se presentó en el entierro no
pudo evitar mirarlo con otros ojos. Eran alrededor de
las nueve de la mañana y María Isabel estaba sentada
frente al ataúd, junto a Antonio, Felipe, la tía Violante,
doña Ernestina y María José. La tía Violante ya debía
tener cien años, pensó María Isabel. Esos catalanes eran
gente bien dura; tía Violante, que era hermana del abuelo don Pepe Sabater, ya estaba arrugada como una pasa,
pero se conservaba más derecha que un poste de luz
eléctrica. Había vivido toda su vida en un apartamento

en el Condado, frente al océano Atlántico. Nunca tuvo hijos y fue siempre una aliada incondicional de Sonia. En la familia las malas lenguas decían que Sonia se parecía más a la tía Violante que a doña Ernestina. Había en esa tía hermética algo que María Isabel no lograba descifrar. Viuda desde hacía cuarenta años, nunca dejó de ir a España a veranear y tampoco dejó de almorzar cada domingo en un restorán de prestigio, el Swiss Chalet por la época en que estaba de moda y más recientemente Ramiro's.

La tía Violante se veía afectada. Nadie sabía hasta qué punto lo estaba y casi toda la familia pensó que la tía no sobrevivía aquel golpe inesperado. Siempre existió entre tía y sobrina una complicidad inexplicable. María Isabel no lo había comprendido en su infancia y en aquel momento lo comprendía menos aún. Miró a la tía Violante y la inspeccionó sin compasión: traje negro de manga larga y collar de perlas de dos vueltas; el rostro maquillado, lápiz labial rojo y una mirada impenetrable. Nunca entendería aquella forma de mirar la muerte. ¿La miraba con desprecio? María no podía detectar en ella ni pizca de resignación. Eso sí que no. Se sintió extenuada y miró a su alrededor, quiso caminar un poco por los pasillos de la funeraria. Ernesto y Juan se habían puesto de pie para estirar las piernas. En las filas de atrás estaban los hijos de ambos y los hijos de María José, y centenares de parientes y amigos de la familia llenaban los bancos restantes. María Isabel no había querido que sus hijos vinieran al entierro, pero a última hora Felipe había insistido. Los varones vistieron camisas recién planchadas y botines de cuero y a la nena le pusieron un traje blanco de organdí porque las niñeras no encontraron ningún traje negro en su armario. El chofer trajo a los niños y entraron a la capilla cuando María Isabel estaba arrodillada frente al ataúd. La tapa estaba abierta y Sonia dibujaba la extraña sonrisa que sus labios formaron desde el momento en que cesó de respirar. Vestía uno de sus trajes más elegantes y sencillos, de seda azul, que María Isabel había traído de la casa de Miramar. Los niños abrazaron a la madre y quisieron ver a la abuela y fue imposible impedir que contemplaran su rostro hermoso y sereno y la enigmática sonrisa.

—¿Y porqué Mamía se está riendo, Mami? —preguntó la nena, que era muy habladora.

María Isabel sólo logró articular palabras de consuelo:

—Debe ser porque está en el cielo y allá la gente es muy feliz.

—¡Pero yo no quería que Mamía se fuera para allá! —insistió la nena, que estaba a punto de llorar a gritos.

—Yo tampoco, mi amor —dijo la madre acariciándole los cabellos. Los dos varones, confundidos, se pegaban a ella.

De modo que cuando Bob Williams entró a la capilla María Isabel se encontraba rodeada de sus hijos. Había ordenado a la niñera que regresara a la casa para tenerlos más cerca y protegerse con el calor de sus cuerpecitos. Entonces lo vio entrar alto y elegante, con un traje sastre azul marino y gafas de sol de golfista y las palabras de su madre resonaron en sus oídos.

—Lo siento —dijo él al acercarse y darle la mano—. Era una mujer extraordinaria.

Su español era defectuoso y su expresión torpe, pero había sinceridad en su tono. Felipe se levantó a saludarlo y se dieron un abrazo. Bob Williams dirigía proyectos de construcción que le compraban materiales a Felipe hacía ya algún tiempo. Era uno de los pocos gringos hacia los que Felipe Gómez sentía aprecio, aunque a todos tratara con cortesía por no perder negocios. Bob Williams se sentó no muy lejos de Felipe y bromeó con los niños hasta que la nena fue a sentarse en su falda.

Ya trasladaban el ataúd a la capilla grande para dar comienzo a la misa cuando llegaron Héctor y Luci. Doña Ernestina y María José los miraron extrañadas, pero al instante se recogieron en su pena y María Isabel les presentó a sus hijos. La nena vino corriendo desde la falda de Bob Williams para conocer a Héctor y a Luci y conversaron un poco, pero luego de la misa y durante el trayecto al cementerio María Isabel no volvió a verlos. Tampoco pensó mucho en ellos, pues el cadáver de su madre absorbía todos sus pensamientos. Se sintió impresionada con la gente que fue al entierro y la impresionó muy particularmente la presencia de Toñita, una niñera que los había cuidado, a Antonio y a ella, mientras vivían en Monteflores y luego algunos de los años que vivieron en la casa de Miramar. Toñita había dejado de trabajar para casarse, algo así recordaba, y al verla allí a la salida de la misa no la habría reconocido si Toñita no le dice, tomándole ambas manos:

—¡Niña María Isabel! ¡Cuánto ha crecido y qué linda está!

Su voz le sonaba familiar y aquellos ojos y aquellas manos ella las conocía, casi podía sentir cómo la enjabonaban.

—¿Toñita? —preguntó incrédula.

—¡Sí, Mari, sí! —dijo Toñita emocionada.

María Isabel la abrazó llorando. No podía creerlo. Eran demasiadas voces del pasado agolpándose en su vida. En un instante Toñita le hizo recuperar su propia infancia como nadie más podía haberlo hecho. Entonces vio a sus hijos bajo una nueva luz.

Enterraron a Sonia Sabater en el cementerio del Viejo San Juan, junto a don Pepe Sabater, los padres de don Pepe y otros parientes, allí, entre las fuertes marejadas de noviembre, con olas de hasta doce pies, y los muros inexpugnables del castillo del Morro. Escasamente seis meses más tarde, María Isabel se casó con Bob Williams en una breve ceremonia civil a la que sólo asistieron sus hijos y los familiares más cercanos. La boda se celebró en el balcón de enfrente de la casa de Miramar, y a través del follaje de los árboles de maga podían verse pasar los pocos automóviles que transitaban por la avenida Ponce de León ese domingo por la mañana.

13

Ella siempre fue distinta. No era como otras señoras que se la pasaban chismeando en el teléfono. Doña Sonia no. Su vida eran los estudios de medicina y los hijos. Salía a las nueve para la universidad y yo me quedaba a cargo de Antonio y María Isabel, que todavía para aquellos años de Monteflores eran bien chiquititos. ¡Y bien traviesos que eran! Frente al padre se portaban de maravilla y con la madre también se portaban bien, pero tan pronto ella daba la espalda no me daban tregua. Siempre se querían meter en la piscina a escondidas de la mamá; aunque eso nunca lo llegué a permitir. A veces los dejaba ver televisión a escondidas, eso sí, porque don Felipe no quería que se pasaran las horas muertas frente al televisor viendo muñequitos o esas películas de tiros y chorros de sangre. Pero yo los dejaba un ratito para poder sentarme, que si no, me pasaba el día para arriba y para abajo sin detenerme ni un instante y ya para esa época empezaban a hinchárseme las piernas.

Dije que ella siempre fue distinta. Recuerdo la vez que le conté lo de la nena. Señora, le dije, yo no encontraba a Mari por parte alguna y después de buscarla en todos los rincones vine a encontrarla en su cuarto, señora, ¿y sabe usted lo que hacía? Se había quitado el trajecito de lunares rojos sobre fondo azul marino que tan bonito le quedaba, aquel que doña Ernestina le había regalado para su cumpleaños, y había sacado el bikini amarillo suyo, sí señora, el que usted se pone para ir a la playa con ellos, y se lo había puesto sobre su cuerpecito. ¿Que cómo lo hizo? Pues con imperdibles y alfileres, señora, cómo va a ser. Cómo pudo hacerlo no me pregunte, tiene maña la nena. También se había trepado en unos tacones altos suyos, los rojos de terciopelo que le gustan al señor, y ensayaba a caminar con ellos frente al espejo de su puerta cuando la sorprendí. Claro que de inmediato quise quitarle el bikini y los tacones, pero me formó una pelea de madre. Y era de madre en más de una manera: la nena gritaba y gritaba que ella quería ser como su mamá.

Le conté todo el episodio a doña Sonia y en vez de enojarse con la nena por haberme dado ese disgusto se rió a carcajadas. Al ver la cara de tusa que yo ponía dejó de reírse y me hizo sentar a su lado en la terraza.

—Mira, Toñita —me dijo— es natural que la nena quiera parecerse a su mamá. A mí eso no me importa, más bien me alegra.

—Pero señora, le daña el bikini —balbuceé.

—¡Que lo dañe! A mí me importa ella, no el bikini.

Otra señora se habría enojado, como otras que conocí, que les importaban más los muebles, las cortinas y las vajillas que los niños. Doña Sonia no. Por eso me quedé con ella tantos años. Recuerdo que murió su papá y eso la afectó muchísimo y después nos mudamos a la casa de Miramar. Ya desde antes de morir su padre había dejado los estudios. ¡Tan alegre que salía para Río Piedras cada mañana! Algo debe haberle sucedido en la universidad porque después nunca fue la misma. Digo, siguió siendo buena con sus hijos y con sus empleados pero había una alegría especial que se esfumó al esfumarse su ilusión de ser doctora.

Me fui de la casa porque iba a casarme, que si no, no me iba. Juanito y yo habíamos sido novios a los catorce años y después él se fue a Niuyor y lo perdí de vista por buen tiempo. Pero un día sonó el teléfono y yo creía que era la persona que se pasaba llamando a la casa y no contestaba cuando se le preguntaba que quién era; llamaba todo el tiempo y nos ponía nerviosas a las empleadas con aquellos largos silencios. Yo contesté y oí esa voz al otro lado que parecía venir de otro mundo.

—Aló, aló —dije algo molesta.

Y desde el otro lado dijeron que querían hablar con Toñita.

—Soy yo —dije sin darme cuenta de lo que estaba pasando.

—Toñita, es Juanito.

—¿Juanito?

—Sí, Juanito Ramírez, de la Escuela Labra. ¿No te acuerdas?

Sí que me acordaba y allí mismo quedamos en vernos el domingo.

—Tu mamá me dio el teléfono —me dijo al despedirse.

Pues nos vimos ese domingo y el próximo y el próximo también por espacio de varios meses y una mañana me di cuenta de que estaba preñá.

—Señora, estoy preñá —le dije el día que me sorprendió vomitando en el baño de los niños—. Usted perdone, no me siento bien.

Doña Sonia me miró fijamente y en vez de enojarse conmigo me llevó a mi cuarto y me acostó en la cama.

—Quédate acostada, Toñita —me dijo, y salió.

Al poco rato regresó con un té de yerbas de jardín y me hizo tomarlo. Como los niños andaban revoloteando a nuestro alrededor, instruyó a la cocinera para que los velara un rato. Al quedarnos solas me dijo:

—Y bueno, Toñita, ¿sabes quién es el padre?

Yo me asusté.

—Sí, señora, claro que sí, cómo no voy a saber; es Juanito. Fuimos novios a los catorce años y lo dejé de ver, y ahora hace un tiempo volvió y nos hemos juntado.

—¿Te vas a casar con él?

—No lo sé, señora —le dije, sin pensar lo que decía.

Pero en realidad yo no sabía si me quería casar, ni siquiera se me había ocurrido. A mí lo que pasaba era que me gustaba estar con él y nada más. Doña Sonia me preguntó si mi mamá lo sabía y le dije que no, porque era cierto que no lo sabía. Entonces me dijo que quería conocer a Juanito y el próximo domingo él vino a la casa de Miramar a buscarme y doña Sonia no se anduvo con rodeos.

—Mire, Juanito, ¿sabía usted que Toñita espera un hijo suyo?

Yo por suerte ya le había advertido que doña Sonia sabía lo del bebé y él se portó como todo un macho.

—Sí, señora, nos vamos a casar —afirmó con mucho aplomo.

Doña Sonia lo felicitó por ser un hombre responsable y nos preguntó que cuándo era la boda. Como no habíamos pensado en eso no pudimos decirle, pero ella nos dijo que no debíamos demorarnos y que yo podía trabajar con ella sólo hasta fin de mes.

De esta manera fue que dejé el trabajo de doña Sonia y después estuve muchos años sin saber de ella y tuve tres hijas y hasta nietos tengo y nunca volví a saber de esta familia hasta ayer que abrí el periódico y vi la esquela. Sentí que tenía una deuda con la señora y por eso he venido a este entierro de gente rica donde una pobre prieta como yo parece una cucaracha en baile de gallinas. ¡Qué linda que se me ha puesto la niña Mari! Me ha sorprendido que se acordara de mí. Y el niño Antonio allí está. Lo veo parado cerca de don Felipe, quien no se acuerda de mí, ese sí que no. Antonio, Antonio, ¡las veces que te limpié el culo! Pero lleva tantos años viviendo por allá lejos que es como si no fuera el mismo. Ahora me mira con curiosidad, casi como si me reconociera. María Isabel se le acerca y le habla. Miran hacia donde yo estoy y caminan hacia mí.

—¡Antonio! —digo extendiéndole las manos.

Él viene y me abraza sin importarle que yo sea vieja y pobre, sin importarle lo que diga la gente.

—Toñita, ¡tantos años! —dice cariñosísimo.

Mis dos niños blancos agradecen que yo los haya cuidado. Me tratan bien y, cuando la comitiva sale hacia el cementerio de San Juan, María Isabel me pregunta si quiero ir en el carro con ella. Digo que sí y conozco a sus hijos; los varoncitos me miran con curiosidad cuando la madre les dice que yo fui su niñera. La nena es más alegre y desenvuelta y me pregunta a quemarropa:

—Y Mami, ¿se portaba bien?

Debo disimular la risa porque es un momento muy solemne y María Isabel está, en verdad, tristísima. Lástima que doña Sonia se enfermara. ¡Era una señora hermosa todavía! Se veía bien bella con su traje azul. Suerte que llegué a tiempo a la capilla para verla antes de que cerraran la tapa del ataúd. Doña Sonia siempre fue bella. Tenía un clóset como una sala de grande y lleno de ropa carísima, pero ella se vestía más que nada para agradar a don Felipe y para causar buena impresión a sus clientes.

María Isabel se parece mucho a su madre. Tiene el mismo perfil, el mismo pelo, la misma piel. También los nietos se parecen a doña Sonia, en especial el mayor de los varones. La comitiva sale de la funeraria y avanza por el mismo medio de la Ponce de León en dirección a San Juan. Al pasar por Miramar veo la casa detrás de los árboles. Todavía de sus balcones cuelgan frondosas plantas. No parece que el tiempo hiciera mella en sus paredes. Allá al final, sobre los garajes, estaban los cuartos de los empleados. Eran amplios y frescos, pero cuando los señores salían, que era a menudo, yo tenía que dormir en un catre en el cuarto de la nena. Ya pasamos Miramar y cruzamos el puente que entra a la isleta. Han arreglado mucho la laguna del Condado. Antes, cuando yo era niña, las casas de Miramar, las del lado al norte de la Ponce de León, terminaban en los mangles de la laguna. Después rellenaron los bordes pantanosos e hicieron una avenida. Ya los patios de las casas no llegan hasta el agua. Llegan hasta una carretera de cuatro carriles, una especie de autopista con jardines en el medio y a los lados. Hubo un tiempo en que la gente joven cogió de irse ahí los viernes y sábados por la noche. Las camionetas de cuchifritos se alineaban al borde del agua y era un gentío el que se reunía por allí, pero finalmente causaron tanto lío de peleas y daños a la propiedad que los vecinos pidieron que se fueran y como eran ricos el gobierno les hizo caso y la policía los sacó. Creo que las camionetas de comida se fueron a establecer en Isla Verde, más allá del balneario. Eso me han dicho porque yo para allá nunca voy, ni siquiera cuando las hijas me sacan a pasear; me llevan al Parque de las Ciencias en Bayamón, al Balneario de Luquillo y también a veces a Arecibo; son paseos bien lindos.

Ahora pasamos junto al hotel Caribe Hilton, a donde doña Sonia venía con los nenes. A veces yo la acompañaba, pero no siempre; ella quería estar sola con sus bebos y además, ¡era tan cerca de la casa! ¡Un saltito en carro! Doña Ernestina siempre quería que yo viniera para que ayudara a su hija, pero doña Ernestina era de una época en que las señoras casi no se movían, ¡otras costumbres! y doña Sonia era bien moderna, ¡si hasta quería ser doctora! Lástima que no pudo ser. ¿Qué le habrá sucedido? Se fue para aquel viaje con don Felipe y cuando regresó no quiso saber más de la universidad. Aquel mes completo me lo pasé con doña Ernestina, que jodía la paciencia como nadie, que si las trenzas de Mari, que los zapatos había que limpiarlos con Griffin, que si ponle Clorox a las medias blancas y a los cuellos de las camisas de Antonio, que si esto que si lo otro; la señora era tremenda. No se estaba quieta ni un minuto. Cuando no me estaba mandando a hacer algo se montaba en el carro con su chofer y él la llevaba a la iglesia. Se la pasaba de misa en misa como los monos se la pasan de palo en palo. La vi de lejos en la capilla y se veía de lo más bien, camina derechita todavía. Estaba muy afectada, eso sí. Debe ser terrible la muerte de una hija. A mí se me murió Juanito el año pasado y lo he sentido mucho, todavía su ausencia me duele porque fue un marido bien bueno. En casa miro el asiento donde se espatarraba frente al televisor y me duele el corazón. Pero mis hijas están bien; una de ellas estudió enfermería y trabaja en el hospital Regional de Carolina; es la que todavía vive conmigo. Le enseñé la esquela de doña Sonia en el periódico y le dije que iba a venir al entierro. Me habría acompañado pero tenía trabajo.

Ahora pasamos frente al parque Muñoz Rivera. María Isabel me señala el parque:

—¿Has visto cómo lo han arreglado?

Desde la carretera se ve lo más arregladito, limpio y con un montón de estatuas, columpios y chorreras. La última vez que estuve ahí fue con doña Sonia.

—¿Te acuerdas que veníamos a correr patines? —comenta María Isabel.

Respondo que sí, por supuesto que sí. La nena me pregunta que si yo corro patines.

—¿Yo? ¡Qué ocurrencia!

Tengo que reírme y María Isabel también se ríe. Esa nena es bien avispá, doña Sonia debe haber estado loca con ella. Estaba loca por su hija, de eso doy fe. Se desvivía por ella, en especial después que dejó la universidad. Ahora pasamos por la Guardia Nacional y luego por el Capitolio. ¡Los años que hacía que no pasaba por aquí! Cuando lleguemos a la Plaza Colón debemos doblar a la derecha para subir la cuesta y efectivamente eso es lo que hacemos. Miro a María Isabel y veo que está llorando. Los dos varoncitos, quienes están sentados en el asiento delantero junto al chofer de la funeraria, también están llorando. La nena, que está atrás con nosotras, se acurruca en la falda de su madre y yo debo hacer un esfuerzo para no llorar también.

Trato, pero no puedo. Nunca he podido evitar llorar si otros lloran a mi alrededor. Además, doña Sonia no se merecía morir tan joven. Ahora llegamos a esas plazas nuevas que inauguraron hace dos o tres años, yo sólo las había visto en televisión, y bajamos la cuesta hacia el cementerio. Yo había estado aquí cuando el entierro de don Pepe y no había plazas, sólo solares de tierra y arena que se usaban como estacionamiento de los automóviles de los empleados del gobierno. Aquella vez me monté en el carro de doña Sonia como ahora me he montado con María Isabel. Parecería que la vida da vueltas. En el entierro de don Pepe fue don Felipe quien dijo unas palabras sobre el ataúd antes de que lo bajaran a la fosa de tierra. Aquí don Felipe no parece que vaya a despedir el muerto. Todavía recuerdo sus palabras: "Don Pepe me enseñó a valorar el trabajo honrado. Fue un padre para mí." Era verdad que don Felipe veneraba a don Pepe, pero es que, bueno, como que el viejo lo prefería a sus propios hijos. Don Ernesto y don Juan no se enojaron porque andaban embrollados en sus propios asuntos, pero a la verdad que el día del entierro de don Pepe se vio bien claro quién lo quería más. Y ése era don Felipe. Doña Sonia me comentó una vez que era porque don Felipe no había tenido papá. Se había criado con su madre y unas tías. El padre se había ido a los Estados Unidos y nunca se había ocupado del hijo. Algún roto se le había hecho en el corazón por eso. Siempre doy gracias de que Juanito fue tan buen marido y muy especialmente un buen padre. Me ayudó mucho con las nenas y nunca nos faltó un techo ni qué comer ni qué vestir. Fue empleado del gobierno, en la Autoridad de Fuentes Fluviales, durante casi toda su vida. Asistía a las actividades de la escuela de las nenas cuando otros papás ni se asomaban por allí. Don Felipe no es que no fuera un buen padre, pero siempre estaba trabajando en su negocio y toda la educación de María Isabel y Antonio recayó en doña Sonia. A veces llegaba bien tarde del trabajo y yo veía que doña Sonia se inquietaba y se ponía a subir y bajar las escaleras anchas de la casa de Miramar sin saber lo que hacía. Si los niños se le iban detrás se daba cuenta y se calmaba, se sentaba en los escalones y les contaba cuentos de alfombras voladoras y cuevas de ladrones y otras cosas que ya no me acuerdo, pero de esos cuentos sí me acuerdo porque me gustaban. ¿Y a quién no le gustaría volar por los aires en una alfombra? A Antonio le encantaba esa historia.

No, esta vez no va a hablar don Felipe. Va a ser don Ernesto quien despida el duelo. Ahora bajan el ataúd del baúl del carro funerario. Lo llevan don Ernesto, don Juan, don Felipe y Antonio y va cubierto de orquídeas blancas. ¡Tanto que le gustaban las flores a doña Sonia! Cargan el ataúd un buen trecho pero no entran en la parte más antigua porque las tumbas de los Sabater están en la sección más reciente, no muy lejos de la tumba de esa francesa que se casó con un señor Benítez-Rexach, es una gente muy famosa me han dicho. Pues bien cerca está la tumba de don Pepe y justo al lado han cavado una fosa. Encima hay una carpa para protegernos del sol. Yo camino al lado de María Isabel y noto que de pronto don Felipe se me queda mirando y le pregunta a la hija que quién soy yo. No puede evitar darse cuenta que no soy igual a la otra gente que hay aquí. María Isabel le debe de haber dicho algo porque ahora me saluda y se acerca.

—¿Toñita? —pregunta sin reconocerme y pestañeando— perdone que no la haya reconocido.

Yo sonrío.

—Gracias, señor —digo con humildad— no lo culpo, porque estoy llena de canas y he engordado. ¡Los años, señor!

—Las gracias se las doy yo a usted por no haber olvidado a doña Sonia. Ella siempre la recordaba y ahora que criaba a los nietos más todavía; ¿los ve? ¿Los conoció?

—Sí, sí claro, señor, son preciosos.

—Pues doña Sonia decía que ninguna niñera era como usted, que ojalá usted volviera para ayudarla a criar esos nenes.

—¿De veras que doña Sonia decía eso? María Isabel no me dijo nada.

—Mari no lo sabe. Como está terminando su internado en el Centro Médico, no tuvo tiempo para darse cuenta. Se la pasaba metida en el hospital. Pero doña Sonia me lo contaba a mí.

Le agradecí a don Felipe sus palabras y me di cuenta de que estaba bien afectado. Volvió a agradecerme mi presencia y se excusó porque quería estar junto a Ernesto cuando éste despidiera el duelo.

"Queridos amigos y familiares", comenzó Ernesto, "mi hermana Sonia se sentiría contenta de ver cuántos de nosotros hemos venido a acompañarla a su última morada. Para mí siempre fue la hermana ideal; ella tenía las respuestas para todo y siempre la vi y la sentí como a un ser superior".

Estuvo hablando durante más de diez minutos y me asombró que alabara tanto a doña Sonia; nunca me habían parecido particularmente unidos. De hecho, doña Sonia era bastante solitaria. Luego doña Ernestina quiere hablar y ésa sí me da pena porque bien se ve que adoraba a su hija.

—Sonia, hija —dice llorando y con el micrófono en la mano— tú eras la mejor de todos nosotros. Reza por los que nos quedamos en este valle de lágrimas.

Me da tanta pena la pena de doña Ernestina que de nuevo no logro contener las lágrimas. Todos a mi alrededor lloran sin poderse aguantar. Un sacerdote viene y dice unas palabras. Bien se ve que lo trajo doña Ernestina porque es ella quien le indica que hable. Me parece raro un cura aquí porque doña Sonia nunca iba a la iglesia, pero entiendo a doña Ernestina. Además, doña Sonia no se metía con las creencias de los demás. Las respetaba mucho. Yo tenía una imagen de la Virgen de Monserrat en mi cuarto y era una estatua de plástico que no valía mucho, pero doña Sonia nunca me la criticó. Yo le rezaba para que me ayudara cuando tenía problemas y doña Sonia no se burlaba. Recuerdo un día que yo le estaba rezando a la Virgen para que mi bebé me naciera sano y ella me oyó y no se rió de mí. Me dijo que yo hacía muy bien en rezar por eso. Doña Ernestina tiene razón; creo que doña Sonia era la mejor de todos nosotros.

Ahora bajan el ataúd y le tiramos claveles; Antonio ha repartido claveles rojos para que los lancemos sobre el cadáver de su madre. Antonio está muy callado y camino hasta donde él está.

—Antonio, ¿porqué no vuelves a vivir acá?— le pregunto.

—Toñita, es como si me leyeras la mente, coño, estaba pensando eso justo ahora porque Mami me preguntaba eso cada vez que hablábamos. Bueno, no cada vez, pero bastante a menudo.

Yo sonrío con tristeza y le acaricio un brazo. Luego le aparto unos cabellos de los ojos.

—¿Entonces vas a volver?

Antonio niega con la cabeza.

—Debí haberlo hecho hace años. Ya me acostumbré a vivir allá. Y ahora, al morir Mami, ya a nadie le importa que yo esté aquí o allá.

—A tu padre le importa.

Me atrevo a decir eso y no debí atreverme. Yo ignoro lo que don Felipe piensa. Antonio me mira y sonríe con cierta amargura.

—Yo no creo que a él le importe mucho. Además, Toñita, a mí no me interesa ese negocio que él tiene. Yo trabajo en un laboratorio del gobierno de los Estados Unidos y me pagan muy bien. Aquí no voy a conseguir un trabajo tan bien remunerado.

No insisto por no ser imprudente, pero me preocupa Antonio por allá tirado.

—¿No te has casado, Antonio?

Pregunto eso porque en verdad quiero saber. A mí Antonio me parece un hombre guapísimo.

—Sí, Toñita, con una gringa, como decía mi abuelo. Pero me divorcié hace unos meses. No tuvimos niños.

Mi pobre niño blanco por allá tan solo, es lo que pienso, pero no lo digo. Para cambiar de tema le pido a Antonio que me señale quién es el papá de los nenes de María Isabel. Antonio me indica un hombre que parece salido de una telenovela. Yo no sabía que había hombres así de guapos que fueran de verdad. Camino hasta donde está María Isabel y le digo:

—Oye, nena, ¿y por qué dejaste ese hombre tan guapo? No parece de verdad.

María Isabel se ríe, me da un abrazo y me indica que debemos irnos. El chofer me llevará a mi casa después de dejarla a ella y a los niños en la casa de Miramar, me dice cuando pasamos debajo de la bóveda, subimos la cuesta y entramos en la Norzagaray.

14

En California soy un hispano y siempre seré un hispano. Quise asimilarme a la cultura anglosajona cuando llegué a Berkeley, después de todo, era blanco e hijo de ricos y en el Perpetuo Socorro me habían hecho sentir que yo era un norteamericano igual que cualquier otro de cualquier otro estado o región. En escuela elemental y superior estudié todas las asignaturas en inglés, menos el español, porque eso era lo que hacía la gente que quería ser alguien. Las monjas norteamericanas decían que el gobierno y sus escuelas públicas que enseñaban en español eran para los pobres. Pero pasó algo raro. Al llegar me adapté requetebién y estudié física nuclear, que era lo que me gustaba. Era muy duro; a veces estaba varios días casi sin dormir, dos horas diarias a lo sumo, para poder cubrir el material de estudio y las horas de laboratorio. Nunca había tenido que estudiar tanto, era como si obligara el cerebro a expandirse. A veces me parecía sentirlo crecer. Como aquella historia de Mami, que decía que el abuelo materno la hacía poner el oído en la tierra, allá en Adjuntas, para que oyera crecer las plantas. A mí me parecía oírme crecer las células de la corteza cerebral. En verdad que aquellos primeros años en Berkeley tenía el hipotálamo funcionando a todo vapor. Pero sucedió que en la universidad los que hablaban español andaban aparte, en grupitos y claques de mexicanos, salvadoreños, guatemaltecos, argentinos. No quería que sintieran que yo los rechazaba o despreciaba, ya que no era verdad. De hecho, me acompañaban más que los gringos y anduve con ellos lo suficiente para que me catalogaran de *hispanic*. De ahí en adelante fue como si me hubieran colgado un cartel al cuello. En Estados Unidos soy un hispano hasta el día en que me muera. Hasta en los laboratorios del gobierno donde trabajamos como bestias para inventarnos armas mortíferas me consideran un hispano. Mejor me convendría regresar a Puerto Rico, donde no soy minoría y no tengo que estar a la defensiva; me lo he repetido innumerables veces. Lo malo es que ya no me acostumbro a vivir en Puerto Rico. Al cabo de doce años en California, me desespera la ineficiencia de acá. Eso de que se vaya el agua por varios días es impensable en Oakland y los alrededores de la bahía de San Francisco. O la luz eléctrica. Me cuentan que en Puerto Rico a veces desconectan la electricidad por varias horas, sin avisar, o por varios días en algunos barrios. Los transformadores explotan cuando llueve mucho y tardan en arreglarlos. No, ya no me acostumbro. Aunque no puedo negar que me hace falta mi mar Atlántico, mis playas caribeñas, mi avenida Ponce de León, mis boleros y mis salsas. Me conecto con ellos en seguida, como si me enchufara al aire que respiro. Y la casa de Mami; eso más que nada. Ella se crió debajo de estos altos techos, pasó su vida sentándose en este balcón a ver pasar los carros por la avenida Ponce de León, siempre con estas jardineras llenas de helechos empotradas en los muros. Mami se pasó la infancia jugando en el patio de atrás, debajo del árbol de mango y debajo del laurel de la India, los mismos en los que jugábamos María Isabel y yo. Todavía están allí los columpios. Ahora los disfrutan los nenes de María Isabel. Me dicen que el año pasado Mami los mandó arreglar porque los tubos estaban despintados y corroídos por el salitre. A María Isabel lo más que le gustaba era tirarse por la chorrera. Al lanzarse cogía velocidad y se reía como si le hicieran cosquillas.

     Cuando abuelo murió, yo no quería venirme a vivir a la casa de Miramar. Prefería la casa de Monteflores con su piscina. Era tan chévere que la cocina, el comedor y la sala abrieran a aquel patio murado con la piscina en el medio. No he vuelto a ver puertas corredizas de cristal como aquéllas. Si las cerraba veía el patio, si las abría bajaba los tres escalones y ya estaba alrededor de la piscina con el muro cubierto de yedra al final. No veía la hora en que Mami regresara de la universidad para bañarnos con ella en sus aguas azul turquesa. La sentíamos tan cerca cuando se metía con nosotros, preciosa con su bikini amarillo. Pero lo mejor era cuando nos hacía los cuentos de *Las mil y una noches*. En especial la historia de la alfombra voladora. Me llevé esa historia conmigo para California y cada vez que visitaba una tienda de antigüedades buscaba una alfombra persa que volara. Hasta que conocí a Carol.

Creo me enamoré de ella porque era aviadora. A pesar de ser anglosajona, era extravagante y caprichosa y frecuentaba los círculos de hispanos. A los pocos meses de conocernos en casa de unos amigos, me invitó a dar un viaje alrededor del mundo en su avión bimotor. Ella iba a ir guiando y llevaría consigo a un copiloto experto en mapas y navegación por si acaso se cansaba demasiado. No pude resistir la tentación de la aventura y me uní al grupo. Eramos dos hombres y una mujer. Carol era hija de un millonario californiano dueño de grandes fincas. En ellas cultivaban tomates y lechugas, calabacines, fresas y sobre todo uvas. Podaban los viñedos como si fueran arbustos y los sembraban en hileras. Los cientos de cuerdas de viñedos se veían hermosos desde el aire, las filas en línea recta como si las dibujáramos en un papel extendido sobre una mesa.

La primera vez que me monté en un avión con Carol me llevó a recorrer las fincas de la familia. Vi los sembrados allá abajo distribuidos primorosamente y vi emigrantes hispanos legales e ilegales trabajándolos. Se parecían a los feudos de la Europa medieval que había visto en los libros antiguos. También recorrimos la costa, con sus acantilados y sus bosques de pinos. Ese día ella conducía una avioneta de un motor, como aquella que volaba Charles Lindberg. Yo iba detrás de Carol, en el asiento del pasajero y no me dio miedo. También volamos sobre San Francisco y Los Ángeles. Carol me dijo:

—A que me atrevo a volar por debajo del puente, ¡a que sí!

Se refería al puente Golden Gate de la bahía de San Francisco y debí pensar que era una loca y ponerme a gritar. Sin embargo me limité a decir, tranquilamente:

—Mejor no lo haces, Carol. Piensa que si morimos nos vamos a perder la aventura de conocernos durante años.

— No me prives de esa experiencia, nena, plis —añadí zalamero.

Pareció convencida. Se rió de mis ocurrencias de seductor y no intentó pasar entre el agua y los carros que transitaban por el puente. Yo no tenía miedo, repito, sólo me pareció que el riesgo no valía la pena.

El riesgo del viaje alrededor del mundo sí valía la pena. No lo pensé dos veces.

—¿Quieres venir con nosotros? —me preguntó con su carita de nena traviesa.

—Claro que quiero —respondí entusiasmado.

Fue una experiencia inolvidable. Carol quería emular a Amelia Earhart, quien en el 1937 intentó hacer el primer vuelo alrededor del mundo y desapareció misteriosamente en un lejano mar de oriente. Estaba planificando el vuelo desde que consiguió un Lockheed Electra 10 E fabricado en 1935, igualito al que Earhart utilizó para su viaje alrededor del mundo. Se lo trajeron a su hangar en Oakland hecho pura chatarra. Carol no se amedrentó. Mientras mayor fuera el reto, más motivada se sentía. Hizo venir mecánicos de toda la nación, de Texas, de Virginia, hasta de la industria aeroespacial vinieron. Ella tenía una amiga que era aviadora de un bombardero B-52 de la fuerza aérea, una muchacha controversial; habían querido expulsarla a causa de unos amoríos con otro piloto, pues estaba casado. Fue un lío de los pastores que

circuló en la prensa internacional. La muchacha era
una mecánica genial y se fajó con el Lockheed.

—Originalmente sólo produjeron 15 y quedan
dos en el mundo —decía como si se tratara de un tibu-
rón martillo, especie en extinción en la costa de África
porque la gente se los come, o como si se tratara de
una pintura de Caravaggio. Y al decir esto apretaba
los tornillos de las alas utilizando grandes destornilla-
dores y metía la nariz en los motores para asegurarse
que las tuercas estuvieran aceitadas y en su lugar.

Al cabo de dos años, entonces, el Lockheed
Electra 10 E estuvo listo. Medía 38 pies y 7 pulgadas
de largo y 10 pies y una pulgada de alto. De la punta
del ala derecha a la punta del ala izquierda medía 55
pies. La mañana del 17 de marzo de 1991 en que alzamos vuelo con el objetivo de darle la vuelta al mundo,
los dos motores sonaban como gatitos complacidos.

El copiloto de Carol se llamaba Tim y salimos
de Oakland a las seis de la madrugada. Carol, Tim y
Antonio, ese soy yo, remontamos los cielos de California
como tres mosqueteros ávidos de aventuras. Cruzamos la bahía y bordeando la costa tomamos rumbo al
sur, volando sobre los bosques de pinos y las montañas que rematan el continente donde muere en el
Océano Pacífico. Ya a la altura de Los Ángeles y su
hormiguero de cemento giramos hacia el este y esa
noche pernoctamos en Tucson. Carol había hecho
arreglos para habitaciones individuales, pero desde
esa primera noche comencé a maquinar algún plan
para alterar ese orden. La mujercita me tenía tan loco
de amor que a veces no sabía si contemplarla a ella
guiando su Lockheed Electra 10 E color plata o contemplar las cadenas de montañas en la frontera con
México. En la madrugada del día siguiente volvimos a
remontar el vuelo, después de reabastecernos de com-
bustible y de hablar con la prensa, claro, a Carol le
encantaba salir por CNN y no quería perder ninguna
oportunidad. Nunca se le quitó esa majadería de encima, yo que detesto esos asuntos; hasta el día de hoy.

En fin, nadie es perfecto. Carol acaparó la prensa y la televisión dondequiera que aterrizamos. Ya los tenía avisados y siempre le preguntaban lo mismo:

— Y usted si quiere imitar a Amelia Earhart, ¿por qué no vuela sola?

Carol respondía desafiante:

—En 1932, Amelia cruzó el Atlántico sola. Conducía un Lockheed Vega, un avión de un motor. Voló de Newfoundland a Irlanda en 15 horas y 18 minutos.

Lo decía con una agresividad que ponía a parpadear a los periodistas. Luego añadía:

—Vuelo sola cuando son distancias relativamente breves. Pero en el caso de distancias muy largas es imposible. Amelia intentó dar la vuelta al mundo en 1937 acompañada de un experto en navegación llamado Fred Noonan. No lo intentó sola. Un vuelo alrededor del mundo en un Lockheed Electra 10 E toma más de dos meses. Además, quiero compartir la experiencia con mis amigos Tim y Antonio.

Esto último lo decía asumiendo un tono de bachata. Entonces nos presentaba a la prensa y yo tenía que admitir que era un físico nuclear pero que la aventura me ponía a hervir la sangre. Ahora que lo pienso, deben de haber sido aquellas historias que Mami nos contaba en Monteflores y en esta casa. No la olvido sentada en la escalera que sube al segundo piso; las ramas del laurel de la India dan sombra a ese lado de la casa. Allí nos leía los cuentos de *Las mil y una noches*.

Carol conoció a Mami en ese viaje. Volamos de Miami a San Juan tal y como lo había hecho Amelia Earhart en 1937. Cuando el Lockheed Electra aterrizó en el aeropuerto Luis Muñoz Marín, los camarógrafos de Telemundo, Wapa y el Canal Once se nos tiraron encima. Por ser puertorriqueño tuve que hablar por televisión más de lo que solía.

—¿Y por qué usted va en este vuelo? —me preguntaban una y otra vez.

—Porque me da la gana —quería gritarles.

Pero respondía a sus preguntas con toda la hipocresía de la que era capaz:

—Por curiosidad intelectual —decía como quien repite una fórmula.

Mami y Papi estaban esperándonos en el aeropuerto y esa noche nos hospedaron en la casa de Miramar. A Carol le encantaron mis padres.

—Tu madre es exquisita —me repetía.

No salía de su asombro al hablar con ella:

—¡Es tan inteligente y tan educada!

Creo que no esperaba encontrar gente hispana que fuera tan fina. Ése es el problema de algunos norteamericanos; por ignorancia sólo ven el mundo desde su perspectiva limitadísima.

Mami fue muy amable con Carol porque la buena educación se lo exigía, pero probablemente pensó que se trataba de una loca. Tuvo la discreción de no hacerme comentarios. Tampoco le había gustado una novia rubia que traje a Puerto Rico las navidades anteriores. A María Isabel apenas la vimos porque estudiaba medicina y su horario era brutal. Pudo desayunar con nosotros al otro día y Carol me comentó que era inteligentísima. Ahora que lo pienso, yo nunca me lo había cuestionado. Me alegró que estuviera estudiando lo que quería finalmente, eso sí, y que hubiera salido de aquel primer marido que nunca me simpatizó. Aunque vivo allá tan lejos, a Mami siempre le preguntaba por María Isabel.

El año del vuelo alrededor del mundo, entonces, casi no vi a mi hermana. Papi estuvo más simpático de lo que yo esperaba. Tal vez desde el principio pensó en la posibilidad de intentar un negocio con la familia de Carol. De todas maneras, ni siquiera me preguntó por mi trabajo. Aunque yo sabía que él no comprendía la teoría de la relatividad y poco le importaba que la materia estuviera hecha de átomos, y que el bacalao y los chorizos y el aceite de oliva que vendía en los almacenes fueran estructuras atómicas, por lo menos debió interesarse en el desarrollo de mis ideas y en el éxito de mis experimentos. Mami sí que me preguntó, pero bueno, ella me llamaba constantemente a California para preguntar.

Durante el viaje con Carol y Tim sólo estuvimos una noche en San Juan. En la tarde del día siguiente salimos hacia Venezuela. Volamos bajito sobre el mar Caribe sin perder de vista la costa del collar de islas. Era un asombro verlas como ensartadas, con sus playas de arenas doradas y sus altas montañas. Santa Cruz, Nevis, Monserrat y su humeante volcán, Guadalupe, Dominica, Martinica, Santa Lucía, Barbados, San Vicente y Trinidad; yo las iba señalando en el mapa y le mostraba a Carol y a Tim cuáles islas habían sido inglesas y cuáles eran francesas. Todas tenían, al igual que Puerto Rico, una costa Atlántica de mar agitado; con acantilados, altas olas, vientos y espuma en su costa este. En el borde oeste las playas eran plácidas y acogedoras.

—Las islas funcionan como un muro de contención. Es especial este mar Caribe —comentó Carol.

Lo decía sin saber lo que decía porque ignoraba la complicada historia de nuestras islas y yo, como sabía muy poco, nada pude añadir, pero vistas desde el aire las islas parecían piedras preciosas incrustadas en un manto azul, ese manto azul que el misterio de la materia piensa cuando quiere soñar. Sigo quedándome como inmóvil cada vez que recuerdo el collar que formaban aquellas islas.

Dormimos esa noche en Cumaná y al otro día seguimos vuelo hacia Zandery, en Surinam. Aunque podíamos haber hecho un vuelo más largo, Carol insistió en vuelos relativamente cortos mientras cruzábamos la costa norte del continente suramericano. Tenía interés en experimentar la selva, la espesa amazonía cargada de vegetación, animales y ríos. Y fue en verdad una experiencia que nos deslumbró. Al volar sobre las bocas del Amazonas tuve que contener la respiración. Era un gigantesco animal verde con una herida abierta que se bifurcaba en innumerables brazos. Cientos de islas poblaban el epílogo del gran río, una grande, otras no tanto, otras pequeñas y otras pequeñísimas. Quedé tan impresionado que no pude decir ni una palabra. Tim y Carol estaban igualmente enmudecidos. Fue al llegar a Fortaleza, en Brasil, que al fin pudimos mirarnos a los ojos y tocarnos las caras y los brazos para ver si no soñábamos.

Esa noche, en el hotel en que nos alojaron, toqué a la puerta de Carol. Cuando me abrió todavía tenía los ojos desatados, como si hubiera visto a Dios y al Diablo navegando en una misma canoa. Debo haberla mirado suplicante; quizás mi rostro era un grito mudo. No me cerró la puerta en la cara. Entré sin saber muy bien lo que hacía y rasgué la camisa de dormir que cubría su cuerpo; con mis dos manos se la rompí encima. Entonces comencé a besarle los senos y los brazos, el cuello, el vientre y los muslos, las dulces plantas de sus pies. Tenía unos dedos rosados y redondos que me sobrecogieron de ternura. Creo que su boca sabía a selva y gritó tanto de placer cuando la penetré que mi placer tropezó con el suyo y cayeron juntos en un pozo de espumas blancas.

A la mañana siguiente despertamos tan abrazados que no sabíamos quién era quién.

—Amelia —le susurré al oído— debemos proseguir el vuelo.

—Pensé que mi nombre era Antonio —dijo ella—. ¿Estás seguro que tú no eres Amelia? ¿Y Carol dónde está?

Todavía nos estábamos riendo al bajar abrazados a desayunar. Tim ya estaba terminando su café. Nos miró y sonrió, pero no dijo nada.

—¿Aún sin palabras debido al delta del Amazonas? —preguntó Carol.

Tim asintió, diciendo:

—Sí, claro, eso debe ser.

Fuera lo que fuera lo que estaba pensando, rehusó compartirlo.

A los quince minutos recogíamos los bultos y enfilábamos para el aeropuerto. Nuestra próxima parada fue en Natal, a escasamente dos horas de Fortaleza. Natal se encuentra en el lomo oriental de Brasil y era lo más que podíamos aproximarnos al lomo occidental de África. Como el próximo salto era uno de los más arriesgados, descansamos el resto del día y hasta nos fuimos a una playa. Yo hubiera querido que Carol se pusiera un bikini amarillo, pero apareció con un traje enterizo negro, como si fuera una ñadadora de esas que compiten en la olimpíadas. Se tiró a nadar de punta a punta y yo la seguí fácil; en eso no podía echarme en cara su superioridad, no señor, que no en balde me pasé la infancia nadando como un pez. No se lo eché en cara por no contrariarla, pero yo le ganaba a ella y a Tim y a muchos más. Sólo le comenté lo bien que nadaba y recuerdo que también le dije que me gustaba verla en el agua, que se veía muy sensual. Esa noche a las siete en punto alzamos vuelo en dirección a Dakar.

Llevábamos tanques de gasolina de repuesto e instrumentos de navegación de alta tecnología que Tim manejaba como un experto. Aquella oscuridad sobre el mar era ominosa. El cielo de una noche sin luna parecía un avispero de estrellas. Algunos planetas, como Júpiter y Saturno, me resultaron amenazantes.

—Quizás son naves espaciales pilotadas por seres extraterrestres —dije genuinamente atemorizado.

Tim se rió y dijo que Saturno en estos meses brillaba muchísimo. Luego me indicó dónde estaban Venus y Marte, las constelaciones más destacadas y las estrellas más luminosas. Fue una noche larguísima; a Carol le brillaban los ojos como si sus pupilas espejearan todas las explosiones nucleares del universo. Era como zambullirse en un océano de estallidos. Aquella noche me sentí como pececito nadando en el mar infinito del tiempo y el espacio de la materia. Y me sentí solo. Carol no podía comprender, y Tim tampoco, lo que yo sentía. Tal vez Mami hubiera comprendido, ella sí.

A pesar del buen clima que nos acompañó, el vuelo duró algo más de doce horas y al amanecer aún no veíamos la costa de África. Estábamos exhaustos y en varias ocasiones Tim se ofreció a pilotar el Lockheed Electra. Carol, quien creía en chuparle hasta la última gota a las experiencias de la vida, se negó. No pensaba ceder el timón a menos que ya no viera lo que tenía enfrente y no pudiera mantener los ojos abiertos.

Los senegaleses habían levantado gradas en la pista para presenciar el espectáculo de la llegada y aterrizamos a las siete y media de la mañana. El Lockheed Electra 10 E descendió en África como una bala de plata. Y se detuvo. Al apagar el motor, Carol pareció desplomarse. La abracé por detrás y le acaricié el cuello. Besé sus manos.

—Tengo calambres en los dedos de la mano derecha —me dijo emocionada.

—Y yo en las piernas y en la espalda —pude susurrar.

Los senegaleses rodearon el avión. Ya las hélices habían dejado de girar y escuchamos los tambores. Un grupo de músicos ubicado frente a las gradas nos daba la bienvenida en su lenguaje rítmico. Levantamos la tapa y salimos de la cabina. Un sol seco nos azotó el rostro. Caminamos sobre las alas y saltamos a tierra en medio del agite que tenían los camarógrafos y los reporteros. En las gradas nos esperaba el presidente de Senegal, quien fue extremadamente gentil. Era obvio que sentía admiración por nosotros. Debe de habernos visto relucientes como guerreros; del aire sería, de las nubes. Nos faltaban los penachos sobre las cabezas y las largas lanzas, pero al darle la mano yo sentí que un casco de plumas blancas me coronaba, cuatro collares de conchas adornaban mi cuello y una larga espada de mosquetero prolongaba mi brazo derecho.

Fue una bienvenida muy especial. Nos habían preparado una recepción en el palacio del presidente en la que Carol, Tim y yo nos tambaleábamos de sueño y nos alojaron en palacio. Creo que yo ya disparateaba cuando una dama elegantísima me indicó mi habitación. Antes de deslizarme hacia las oscuras catacumbas del sueño, recordé el comentario de Amelia Earhart, según lo escribió en uno de sus libros: "¿Qué le hemos hecho en los Estados Unidos a esta gente orgullosa, tan bella, tan inteligente y dotada de majestuosidad en el contexto de su propio país?" Era un comentario racista disfrazado de generosidad, algo tan característico de la mentalidad norteamericana que no pude evitar sonreír al recordarlo. No me imagino qué hubiera dicho don Pepe Sabater. El abuelo también era racista, pero de otra manera.

Dormí hasta media tarde; quería dar una vuelta por Dakar y busqué a Carol, pero ya había salido a pasear con el presidente. Entonces busqué a Tim y salimos a caminar por la ciudad. Estaba hecha de plazas y edificios a la manera europea, pero el mantenimiento de la antigua colonia francesa era desaliñado. Tenía un aspecto de irremediable deterioro, como si les importaran poco las fachadas neoclásicas y las fuentes de tritones. De regreso al palacio cenamos unos platos de cocina francesa que hubieran puesto a suspirar a un parisino. A la mañana siguiente, salimos para Bilma, en Nigeria, y de allí seguimos a Luxor en Egipto. Respiro hondo al recordar cómo en saltos de mil millas cruzamos el vasto continente africano, modelado con valles, desiertos y montañas de dimensiones épicas. No olvido a la esposa del presidente de Nigeria, una mujer bellísima que vestía una túnica de seda azul con un turbante del mismo material. Era como fuerte y dulce a la vez, con una mezcla de reciedumbre y sabiduría que me impresionaron. Me recordó a Toñita, eso creo.

¡Qué lindo fue verla ayer en el entierro! La reconocí enseguida y sentí que la quería. Aquellas manos que me bañaron y vistieron durante tantos años no pueden olvidarse. Uno cree que olvida, pero la huella en la corteza cerebral está ahí y no se borra. El corazón de un niño es barro blando.

Veo los carros pasar por la avenida Ponce de León. ¿Por qué se tuvo que morir Mami? Es como si se hubiera muerto un pedazo de mí; una región de mi bosque interior oscureció para siempre. Ahora es un desierto frío, como la Antártica y como las superficies del planeta Urano. No sé por qué ahora de pronto me ha dado por recordar a Carol. Tenía algo de Mami, el espíritu de aventura quizá. Pero finalmente no me pudo comprender. Qué graciosa Toñita, me preguntó que si no me había casado.

Carol y yo nos casamos al mes do regresar del viaje alrededor del mundo. De la costa oriental de África habíamos volado a Karachi, en Pakistán, uno de los trechos más largos del viaje; 1,920 millas y trece horas de vuelo. Luego paramos en Calcuta, Chiang Mai, en Tailandia y Bangkok. Yo no cesaba de asombrarme ante la diversidad cultural. La especie humana posee una imaginación ilimitada, pensé, sus formas de responder a la vida y a la muerte se adecuan al medio ambiente, a las circunstancias geográficas y climatológicas. La cultura es un recurso de sobrevivencia. Así se lo susurré a Carol al oído una noche en que hicimos el amor en Singapur. Ella no me hizo mucho caso. Bien se ve que quería otra cosa. Me pedía a gritos que la quisiera mucho.

De Darwin en Australia no recuerdo detalles. Carol comenzaba a sentirse ansiosa porque nos acercábamos a Howland Island, la isla norteamericana donde en 1937 esperaban a Amelia Earhart y a donde nunca llegó. Quizás se perdió en una tormenta. Su experto en navegación, Noonan, era un alcohólico que había roto su promesa de no beber durante la travesía. Ya en la última conversación telefónica con su marido, George Putnam, Amelia se lo había comentado. Fueran las que fueran las razones, los oficiales del gobierno norteamericano que la esperaban en el aeropuerto de Howland se quedaron esperando. El mundo entero, conectado por radio a su vuelo para celebrar su hazaña, se quedó esperando. Carol no quiso hacer el vuelo directamente desde Lae, Nueva Guinea, a Howland. Es un trecho que a Amelia, si lo hubiera logrado, le habría tomado 18 horas de vuelo. Carol decidió parar en la isla de Buka, unas cinco o seis horas más cerca de Howland.

—Amelia era muy arriesgada —recuerdo que Carol me dijo—. Se trazaba, innecesariamente, unos vuelos demasiado largos.

Cuando salimos hacia Howland, íbamos cargados con 1,150 galones de gasolina y a Carol se le hizo difícil levantar el Electra. Al final de la pista nos elevamos, pero las hélices casi rozaban las espumas de las olas. También llevábamos tres docenas de rosas blancas. Encontramos mal clima. Hubo tormentas, lluvia y vientos que sacudían el avión, pero doce horas más tarde descendimos en Howland. Gracias a la radio y al radar estuvimos en contacto con Howland durante todos los percances. Una hora antes de llegar, Carol esparció las rosas blancas sobre el mar. Era su homenaje a Amelia. Sobre su tumba. De allí fuimos a Honolulu y luego de regreso a Oakland. Aterrizamos un 28 de mayo. Nos había tomado 72 días darle la vuelta al mundo.

Carol me agradeció que la acompañara. Admiró mi audacia. Yo no era, después de todo, sino un miserable físico nuclear. El día de nuestra boda me lo repitió varias veces. Fue una boda espléndida y Papi y Mami viajaron a California para la ceremonia. Papi se la pasó alabando los vinos y cerró un negocio con el padre de Carol para importarlos a Puerto Rico. Recuerdo bien a Mami. Era la mujer más elegante de la fiesta, que se celebró en los jardines de la mansión de los padres de Carol. María Isabel no pudo asistir a la boda debido a los niños y a sus estudios.

María Isabel ahora se ve bien. Yo no temo por ella. Es fuerte y resiste muchas tormentas. Es como un Lockheed Electra 10 E. Está afectada por la muerte de Mami, pero va a sobrevivir. A quien encuentro mal es a Papi. Creo la quería más de lo que está dispuesto a admitir. En fin, yo casi no conozco a Papi. Ayer se la pasó encerrado en la biblioteca. Hoy no ha querido bajar a almorzar. Debería sentarse en el balcón a hablar conmigo. Tengo deseos de hablar con él. Podríamos sentarnos en los sillones y mirar los carros pasar por la avenida Ponce de León. Podríamos hablar de don Pepe Sabater, a quien él quería tanto y quien fue un padre para él. Mañana María Isabel y yo nos repartiremos las joyas de Mami. Eso me dijo hace un rato. Pasado mañana regreso a California. Mami, Mami adorada, ¿por qué nos has abandonado?

15

Antes de irnos a Italia, había visitado la universidad para darme de baja oficialmente. Estacioné mi Ford azul en los matorrales al otro lado de la Ponce de León y caminé, una vez más, por el paseo de las palmas reales. Algunas ramas secas se habían desprendido y nuevamente recordé a los abuelos maternos en la finca de Adjuntas.

—¡Demasiadas películas!

Era lo que decía el abuelo al ver cómo nos deslizábamos en yaguas por las colinas cubiertas de yerba, jugando a que eran trineos y las colinas estaban cubiertas de nieve. Al abuelo lo recuerdo como si lo hubiera dejado de ver ayer mismo. Me acuerdo de su casa en la calle Reina y cómo nos llevaba a mí, a Ernesto, a Juan y a María José, a ver la casa de los bomberos en la plaza. A mí lo más que me gustaba de la plaza de Ponce era la fuente de los leones. Nos trepábamos en el lomo de los leones y jugábamos a que corrían y brincaban con nosotros encima. Era un juego que nos hacía sentir poderosos porque los leones rugían ferozmente y agitaban sus melenas. Nunca me dejaron meterme en el agua a jugar y yo envidiaba a los niños pobres que se metían en la fuente semidesnudos. Aunque el abuelo se murió cuando yo tenía como once años, en la sala de nuestra casa de Miramar, esta misma casa desde donde ahora escribo para olvidar, siempre estuvo colgado su retrato. Es una pintura hecha por don Miguel Pou, un pintor ponceño que retrató a todos los señores y las señoras de Ponce allá por los años veinte y treinta.

Todavía cuelga allá abajo en la sala y como es bastante grande se adueña de una pared. Mi madre lo colgó cuando al morir su padre el cuadro le tocó en herencia. El viejo tiene el cabello partido al medio, sus buenos bigotes bien acicalados, cejas espesas y pobladas y está vestido con chaqueta y corbata de lazo. Cada vez que contemplo el cuadro me parece verlo caminar por el balcón de la hacienda de Adjuntas.

Aquel último día que pisé los terrenos de la universidad en Río Piedras volví a recordar al abuelo y eso me dio fuerzas para continuar. Al caminar veía la torre al fondo que se iba agrandando según me acercaba. El corazón me latía aceleradamente y las rodillas me temblaban igual que aquella primera vez que caminé por la avenida de las palmeras. Sólo que ahora las razones de mi agitación eran más evidentes y podían ser hasta justificables: temía encontrarme con don Enrique. Por eso había escogido un lunes a las nueve de la mañana. A esa hora, que yo supiera, estaría en su casa de Dos Pinos metido en su biblioteca y doña Julia ya le habría preparado el desayuno. Los lunes en la mañana no tenía clases y tampoco horas de oficina. De eso estaba segura pues conocía sus rutinas, pero nunca se sabía si había surgido alguna reunión de facultad. Al subir las escaleras me sentía como una hoja seca a merced del viento pero tragué varias veces y respiré hondo y me fui primero derechito a la Facultad de Ciencias Naturales y pedí el papel de baja oficial de los cursos. La secretaria, que me conocía, me miró atónita.

—¿Baja total? —preguntó como quien no puede creerlo.

Dije que sí y ella no me pidió explicaciones, pero entró a la oficina del decano y al salir me indicó que entrara. Abrí la puerta y detrás del escritorio estaba sentada Eva Marrero, mi queridísima maestra de biología. Me miró extrañada y me pidió tomara asiento.

—¿Qué es esto de que te vas a dar de baja? Tienes un récord excelente. He conocido pocas personas más capacitadas que tú para ejercer la medicina.

Me sentí como una hormiguilla y tuve que aguantarme para no llorar.

—Perdona, Eva —dije—. Me sentía culpable ante ella, que había creído en mi capacidad.

—Tengo problemas —añadí turbada.

Eva me contestó, molesta:

—Los problemas se resuelven, pero si abandonas tus estudios ahora, dile adiós a tu deseo de ser doctora.

—Lo sé —respondí—. Ya le dije adiós. Lo enterré, Eva. Lo enterré en un hoyo de treinta pies que hice en la tierra de una finca en Adjuntas.

Eva percibió mi determinación y mi amargura e hizo un movimiento negativo con la cabeza.

—Me decepcionas, Sonia. De veras estoy sorprendida. Pensaba que eras más fuerte.

Me sentía tan desgraciada que no pude responder.

—No me debo meter en lo que no me importa —insistió Eva al ver que yo guardaba silencio—, pero es por culpa de un hombre, ¿sí o no? Sólo responde a esa pregunta.

Asentí con la cabeza y entonces Eva se puso furiosa y comenzó a despotricar contra los hombres abusadores que querían mujeres que fueran sus sirvientas y sus mamás además de sus putas. Me di cuenta de que mi decisión la afectaba y quise salir de allí lo más pronto posible, pero todavía tuve que soportar varios discursos feministas antes de que Eva se diera cuenta de que no podía hacerme cambiar de opinión. Entonces firmó el papel de baja y al entregármelo dijo:

—Cometes un error. Ya te darás cuenta. Pero es tu vida, no la mía. Quisiera decirte: felicita a tu marido de mi parte. No lo haré. En realidad debería darle el pésame. Pero no lo conozco y no quiero conocerlo.

Al decir estas últimas palabras calló y supe que no iba a pronunciar ni una palabra más. Tomé el papel y salí de allí con el corazón atravesado por varios puñales. La secretaria me miró con tristeza al pasar frente a su escritorio.

—Lo siento, Sonia —dijo, y me recordó: No olvides pasar por Humanidades.

Asentí y me dirigí al otro edificio aterrada, ahora sí, de que me fuera a encontrar con don Enrique. Él no iba a aceptar mi baja total. Si Eva se había puesto así, ¡qué no sería don Enrique! Por suerte no estaba en los pasillos ni en las oficinas y pude conseguir que me firmaran mi boleto de baja sin problema. La única persona con quien me encontré fue con don Pedro, mi maestro de literatura española el año anterior, el que parecía un anuncio de whisky escocés con su pelo blanco y su bigote blanco y la distinción y elegancia de sus movimientos. Me saludó brevemente pero no se dio cuenta de los asuntos en los que yo andaba pues iba como ausente. Estará pensando que cualquier tiempo pasado fue mejor, me dije, y tuve que sonreír.

Aún sonreía cuando regresé a mi Ford azul, caminando despacio por la avenida de las palmeras. Antes de cruzar el portón me volví para mirar la torre y como casi era mediodía la luz le desdibujaba los contornos. Se veía casi blanca. La miré por última vez y crucé la Ponce de León en dirección al matorral donde estaba mi Ford azul. Cuando saqué la llave para abrir la puerta me di cuenta de que estaba llorando y tuve que desahogarme un buen rato antes de poner el motor en marcha. Tres días después salimos Felipe y yo para Italia.

Como ya señalé, lo pasamos divino por allá. Me sentí muy enamorada de Felipe cada mañana que desperté junto a él y todas las ciudades de Italia que visitamos nos supieron a paraíso. Hacíamos el amor a diario porque como estábamos juntos siempre, el roce de nuestros cuerpos en museos, callejuelas, canales, palacios o simplemente campos de trigo o viñedos, dondequiera que fuese, nos excitaba. Yo me pasaba buscando su boca para besarla y palpaba sus brazos fuertes y su pecho velludo con devoción. Caminábamos cogidos de la mano y Felipe me acariciaba las nalgas, los muslos, la espalda, la cintura, los senos, el cuello, en fin, me tocaba tanto, que al regresar al hotel tan pronto entrábamos al cuarto nos tirábamos u la cama a hacer el amor.

Una tarde regresamos al hotel Excélsior de Florencia y estábamos tan excitados que estuvimos haciendo el amor hasta las once de la noche. Cuando nos dimos cuenta ya habían cerrado el restorán y nos habíamos quedado sin cenar. Entonces llamamos al room-service y nos trajeron ostras frescas, vino blanco y melones de agua. Cuando el camarero entró a la habitación con la mesa yo tuve que meterme debajo de las sábanas porque estaba desnuda. Felipe se puso una bata para atender al camarero y cuando éste se fue volvió a quitársela. El dormitorio era muy amplio y tenía una chimenea que tuvimos que encender porque empezó a hacer frío. También tenía una puerta antigua que abría a un balcón y antes de cenar Felipe quiso que lo acompañara afuera para ver la ciudad. Me puse un abrigo, salí al balcón con él y vimos a nuestro alrededor las luces y los muros de piedra de la antigua ciudad, a la izquierda el río Arno, un puente y una colina y al frente una plaza y varias manzanas hacia atrás, un poco a la derecha, el duomo iluminado. Nunca olvidaré esa noche; nos dio frío muy pronto y tuvimos que entrar. Entonces nos quitamos los abrigos y nos sentamos desnudos a sorber ostras y devorar melones de agua. Nos estuvimos riendo un buen par de horas y terminamos la botella de vino. Después de sacar la mesa al pasillo nos sentamos frente al fuego a contarnos historias. Felipe quiso que le contara los relatos de alfombras voladoras que les hacía a los niños. Nunca estuvimos tan cerca uno del otro como esa noche; ni antes ni después volvió a lograrse aquella magia tan especial.

Al regresar a Puerto Rico reiniciamos el engranaje de las rutinas de trabajo y negocios, los niños, la familia y la casa. Dos semanas más tarde, por pura casualidad, me encontré en Plaza Las Américas con una muchacha que había tomado el curso de historia de Puerto Rico con don Enrique y que se sen-

taba cerca de mí. Ella se acordaba perfectamente de
mi cara y yo no tanto de la de ella y debo haber puesto
cara de idiota porque me dijo:
      —Pero Sonia, ¿no te acuerdas de mí? Soy Rita.
El año pasado me sentaba al lado tuyo en la clase de
historia.
      Parpadeé varias veces y al final até cabos.
      —Sí, claro —dije—. Perdona, Rita, es que
ando con muchas preocupaciones.
      —Me dijeron que habías dejado la universi-
dad. Chica, qué pena —dijo Rita, al parecer con sinceridad.
      —Problemas, mija, qué quieres —dije por de-
cir algo—. Sabes que tengo dos hijos.
      Rita me miró entre dudosa y comprensiva y
entonces me dijo aquello.
      —Sonia, qué horrible lo de don Enrique, ¿ver-
dad?
      Yo quedé paralizada.
      —¿Quéee? —balbuceé.
      —¿Pero no lo sabías?
      Creo que estuve a punto de desplomarme. Sólo
pude decir:
      —¿Pero de qué estás hablando?
      Rita no se recuperaba del asombro.
      —¿Pero en qué país tú vives? ¡Si salió en todos
los periódicos!
      Me puse las manos en la cabeza y se me caye-
ron todos los paquetes al piso. Rita me recogió los paquetes y me agarró del brazo.
      —Ven, vamos a sentarnos. Chica, perdona,
no he querido asustarte.
      Yo ya estaba furiosa.
      —¡Acaba de decirme lo que vas a decirme!
—grité.
      Me sentó en un banco cerca de la fuente fren-
te a González Padín y dijo suavemente y en voz baja,
como con azoro:
      —Don Enrique se murió.
      —¿Ah? ¿Qué dices?

Tuvo que repetírmelo varias veces. Estuve a punto de desmayarme. Rita fue un momento a una cafetería y me compró una coca-cola y después de varios tragos abrí los ojos y la miré espantada.

—¿Y cómo se murió? —pregunté al fin.

—Pues chica, un ataque al corazón, cómo va a ser, si estaba de lo más bien, ¿no te acuerdas? Era un hombre joven y guapo todavía.

—Yo...

Traté de explicarle que estaba de viaje y por eso no me había enterado, pero no me salían las palabras. Rita se dio cuenta y dijo:

—Oye, perdóname por decírtelo así, no pensé iba a afectarte tanto, no sé, tú eras su discípula favorita, eso era evidente para toda la clase, pero de veras no se me ocurrió...

Entonces pude respirar hondo y decir:

—Yo estaba de viaje, Rita. Llegué hace dos semanas.

—Fue hace un mes. En la universidad me contaron que se había levantado como a las dos de la mañana para ir al baño y cayó redondo al piso. La esposa llamó a la ambulancia y lo llevaron al hospital Auxilio Mutuo enseguida, pero al llegar a la sala de emergencia ya estaba muerto.

—No puedo creerlo. No puede ser. Don Enrique tiene que estar en su casa, Rita. Apuesto a que en este momento camina por los pasillos de Humanidades.

Rita me miró asustada.

—No, Sonia, no. Se murió. Acéptalo. Yo lo vi muerto. Lo vi en el ataúd. Un grupo de estudiantes fuimos al entierro y me extrañó no verte allí.

—No estaba en Puerto Rico. Ya te lo dije. Llegué hace dos semanas y nadie me lo informó; en realidad ya no voy a la iupi, para qué, y el mundo de mi familia desconoce el mundo de la universidad; son como dos planetas diferentes...

Rita me estuvo contando del entierro, de cómo todos los profesores de Humanidades habían ido y cómo también habían venido de México y España las

*dos hijas de don Enrique. Yo insistía en que me si-
guiera contando detalle por detalle y lo único que
podía pensar, aunque no podía decirlo, era que se
había muerto sin enterarse por qué no lograba co-
municarse conmigo. ¿Habría sido la desesperación
de no poderme ver lo que le produjo el ataque? Ahora
jamás sabría la verdad. ¿Cómo se habría sentido Enrique si llamaba y llamaba y yo nunca contestaba el
teléfono? ¿Cómo se habría sentido, quizás, si un día
cualquiera preguntó por mí y le dijeron que yo andaba de viaje por Italia? ¿Y qué si Eva Marrero le dijo
en el Club de Facultad que yo me había dado de baja
total? Mientras Rita me contaba del entierro detalle
por detalle, pensaba todas esas cosas y cuando se cansaba de contarme le pedía que comenzara de nuevo.*

*—Sabes qué me pasa, Rita —le dije y era, lo
juro, totalmente sincera en aquel momento—, cuando
uno no ve a una persona muerta, cuando no asiste al
entierro, es igual que dejarla de ver, uno siente que
anda por ahí, sólo que uno no vuelve a verla. Yo si no
voy a un entierro no internalizo esa muerte, como
que no la proceso.*

*Rita asintió y volvió a contarme todo el episo-
dio. Ya cuando estaba terminando me sentí más re-
puesta y tuve que sonreír.*

*—Qué abusadora soy, Rita. De veras has sido
muy buena. Gracias. Ya estoy bien.*

—¿No importa que me vaya?

*Me eché a reír porque me daba perfecta cuen-
ta de que estaba loca por largarse y no se atrevía.
Pensaría después que yo era una loca o pensaría, si
tenía malicia, lo cual no era improbable, que yo había
estado enamorada de mi maestro. Me importaba muy
poco en aquel momento y le rogué que me dejara
sola. Entonces puso los paquetes en mis manos y se
fue. La vi meterse en González Padín y perderse entre
las perchas de pantis y camisas de dormir. Nunca
jamás he vuelto a ver a Rita. Jamás me la he vuelto a
encontrar en la plaza, ni en el cine, ni en los super-
mercados, ni en los hospitales, ni en el Viejo San Juan.*

A veces me he preguntado por qué, si este país es tan chiquito que uno termina volviéndose a encontrar con cuanta persona uno ha conocido a lo largo de toda una vida. Hace unos días me encontré en el supermercado con una amiga que estudió conmigo en el Colegio de las Madres. No la veía desde que nos graduamos de cuarto año de Escuela Superior y de pronto allí estaba frente a mí, llena de arrugas y de canas pero era ella, Beatriz Ramírez, la misma voz, el mismo gesto de las manos. Ella me reconoció enseguida.

—¡Sonia Sabater! —gritó.

Yo tuve que pensarlo un poco pero al fin me salió:

—¡Beatriz!

Hablamos de los hijos y los maridos y los nietos, claro. Eso ya me ha pasado varias veces. Por eso me extraña tanto que nunca volví a ver a Rita. Debe haberse graduado de la universidad. Debe ser maestra de historia en alguna escuela pública y tal vez siguió estudios de doctorado y se quedó en Estados Unidos enseñando en una universidad. Rita es la única persona en el mundo que tuvo sobradas razones para sospechar de mi relación con don Enrique y se la tragó la tierra. ¿Por qué? ¿Por qué? Los días en que siento la soledad como una lepra que me va pudriendo los dedos de las manos y de los pies y las entretelas del corazón pienso en Rita. Quizás si hubiera vuelto a verla y le confieso mi terrible secreto no tendría que haber escrito esto. Me he tenido que desahogar escribiendo porque no logré reencontrarme con ella.

Aquel día todavía estuve un rato sentada en el banco de Plaza Las Américas y al cabo me levanté y caminé por el pasillo. Veía las cosas y la gente y no las veía, como si fueran transparentes. Si hubiera querido habría caminado a través de la gente, a través de las paredes y las vidrieras. No lo dudé un instante. No quise hacerlo porque no me importaba. Lo único que aquel día me permitió seguir viviendo fueron mis hijos. Salí de la plaza pensando en ellos, loca por verlos y abrazarlos y me monté en mi Ford azul an-

siosa por llegar a Monteflores y meterme en la piscina con ellos. Cuando finalmente los abracé y nos tiramos al agua a reírnos y jugar me sentí afortunada de tener aquellos hijos y juré dedicarme a ellos y únicamente a ellos por el resto de mi vida. Ni siquiera le di el pésame a doña Julia. Lo estuve pensando por varias semanas pero no pude. A ella debe haberle extrañado que yo no fuera. Cerraba los ojos y me la imaginaba sola en la casa de Dos Pinos, durmiendo en aquella cama de pilares que yo conocía tan bien, sentada en los sillones de la sala y cocinando en aquella cocina donde yo también había cocinado. No pude volver a aquella casa y en todos estos veinte años que han transcurrido jamás he vuelto a visitar Dos Pinos. Si paso por la Barbosa porque voy para la 65 de Infantería y vengo de Santurce o de Isla Verde no miro para allá. Miro derecho nada más porque Dos Pinos no existe, igual que la playa de Puerto Nuevo no existe. Las borré de mi vida para poder seguir viviendo.

Esas navidades, las primeras luego del viaje a Italia, fueron maravillosas. Me pasé las primeras dos semanas de diciembre comprando juguetes para mis hijos y mis sobrinos y le compré unas guayaberas preciosas a Felipe y a Papá. La noche del veinticuatro de diciembre nos reunimos en la casa de Miramar y después de la cena abrimos los regalos. Juan y Ernesto me regalaron unos perfumes carísimos que hasta pena me dio y protesté pero ellos me dijeron que yo era la mejor hermana del mundo y me merecía eso y más. Los abracé conmovida sin entender por qué decían algo tan exagerado y pensando, todo lo contrario, que yo de buena no tenía ni un pelo. Trataba un poco, eso sí. Por lo menos eso. Tía Violante me regaló un florero de porcelana española y María José me regaló una olla estupenda, grande y de acero inoxidable, la olla perfecta para hervir pasteles. Papá y Mamá me regalaron una cadena de oro de dieciocho quilates, gorda y pesada y preciosa para usarla con blusas que llevan una chaqueta encima. La he usado muchísimo. No me acuerdo de lo que me regaló Feli-

pe. Creo que fue un libro de arte, sí, eso fue, un libro
sobre Florencia y sus tesoros. Supongo que quiso decirme que Florencia era un vínculo entre nosotros. Yo
al menos lo interpreté de esa manera y se lo agradecí.

La noche de año viejo también la pasamos en
la casa de Miramar hasta las doce. Después de los besos
y el champán Felipe y yo fuimos a bailar al Caribe
Hilton. Mamá y Papá se quedaron con María Isabel y
Antonio porque yo le había dado dos días libres a
Toñita para que los pasara con su mamá. Todo parecía irse arreglando; mi vida como que volvía a pararse
sobre sus propios pies cuando fuimos a Adjuntas aquel
fin de semana de febrero y Papá se fue a pasear por los
cafetales florecidos. Tuvo la mejor muerte, yo lo sé. Lo
mejor es morirse del corazón, de repente, antes de
pudrirse por dentro, antes de ser tan viejo que uno
ande encorvado, babeándose y diciendo tonterías. Pero
yo sentí un dolor tan grande que me doblaba en la
cama. Lloraba y lloraba sin poder parar y estuve tantos días y semanas llorando que Felipe se preocupó.

Por fuera no se notaba demasiado. Estuve con-
trolada en el entierro y escuché emocionada a Felipe
cuando despidió el duelo. En la lectura del testamento
escuché a los abogados y temí que mis hermanos se
enojaran porque Papá me favorecía. Pero no protestaron, ni esa tarde ni después. Felipe estaba encantado,
feliz como una lombriz con todo el dinero que le tocaba. No nos mudamos a la casa de Miramar hasta abril
porque mandé a hacer un clóset nuevo para mí. Mamá
nunca poseyó mucha ropa y yo tenía montones y no
me cabían donde Mamá ponía la suya. Ella se mudó
con María José de lo más fácil; empacó sus cosas en un
dos por tres con la ayuda de una sirvienta que se llamaba Carmen y había trabajado con ella más de diez
años. Mamá se la llevó con ella para Ponce.

En abril estuvo listo el clóset y nos mudamos.
Los nenes protestaron porque les hacía falta la piscina, pero Felipe estaba que no cabía en sus guayaberas
ni en sus camisas Pierre Cardin. Se sentaba en el
balcón de enfrente a ver pasar los carros a lo lejos por

la Ponce de León y se sentía dueño del universo. En esta casa se siente un gran señor. Lo que pasa es que Felipe siempre ha querido ser un gran señor. Y lo es. Y lo ha sido. Felipe ha vivido como quiso vivir, como ambicionó vivir. Y se siente satisfecho. Me siento feliz por él y debía ser feliz, pero no lo soy. Trato de ocupar mis días cuidando a los hijos de María Isabel. A Felipe no le gustó que se diviorciara, pero ¿quién era yo para oponerme? Quiero que termine sus estudios de medicina y si yo puedo ayudarla lo hago con gusto. Me sentí útil ayudando a mi hija. Eso le decía a tía Violante hace casi un año cuando empecé a escribir estos papeles.

Llevo meses escondiéndome para escribir. Después que los nenes se van para la escuela me encierro en mi cuarto a escribir y cuando van a llegar, un ratito antes de las dos de la tarde, los guardo en un cofre antiguo que estaba en la sala y lo cierro con llave. Me siento más despejada después de haber escrito todas estas hojas en blanco; ¡qué misterio encierran las palabras! Cojo un papel en blanco, que no dice nada, vacío, estéril y desierto, y lo lleno de palabras, le vuelco encima mis terrores y mis culpas y mis recuerdos hechos de palabras y ese papel que estaba vacío ya no está vacío. Está lleno de vida, si lo leo me asomo a un mundo donde a través de las palabras respiro otro aire, toco muebles, las patas de los muebles y las telas, saboreo las frutas y camino por senderos recuperados para el recuerdo. Además, las palabras me han servido para desahogarme un poco, es verdad. Por eso empecé a escribir. Pero ahora tengo miedo porque estas palabras no puede leerlas nadie. Mi secreto deberá morir conmigo. Esta noche, mientras todos duermen, bajaré al patio y quemaré estos papeles. Tengo el líquido que se le echa a los carbones del barbecue para que prendan. Ya no quiero escribir más y lo que he escrito debe arder hasta quedar hecho cenizas.

María Isabel leyó las últimas líneas y quedó en suspenso. Leyó de nuevo: "hasta quedar hecho cenizas" y buscó a ver si había otro papel. Tal vez se le había extraviado. Tenía que haber otro papel por algún sitio y buscó en el fondo del cofre tallado de estrellas a ver si había algún papel pegado al fondo. No encontró nada. El manuscrito terminaba abruptamente. Su madre había escrito que iba a quemarlo. *"Esta noche, mientras todos duermen, bajaré al patio y quemaré los papeles"*, escribió. Pero no lo hizo. Quizás lo intentó y no pudo hacerlo sin ser descubierta o sin despertar sospechas. ¿Qué había sucedido? ¿Qué había querido decirle su madre cuando le entregó la llave? María Isabel hundió su rostro entre las manos y lloró un buen rato. Luego recordó, vagamente, que mientras ella estudiaba medicina su madre había vuelto a ampliar su clóset. Lo había hecho forrar de cedro y le había añadido tablillas. Debe haber sido entonces que hizo colocar el cofre dentro de una nueva pared. ¿Por qué su madre hizo eso en vez de quemar el manuscrito como era su intención original?

Los pensamientos y las dudas se atropellaban en la cabeza y en el corazón de María Isabel. ¿Por qué tenía ella que haberse enterado de la vida secreta de su madre? Hubiera preferido no saberlo. Antes era un modelo de mujer perfecta y ahora ya no era lo mismo, ahora se le había desnudado ese ser con todas sus debilidades y vacilaciones. Ella no había pedido conocerla. Era como si su madre desde la tumba le exigiera ese conocimiento.

María Isabel no supo, en ese momento, si compadecer a su madre o detestarla, pero una furia sorda se apoderó de su ánimo. Fue a la cocina y sacó dos bolsas plásticas para disponer de la basura, regresó a la sala y metió adentro de ellas todos los papeles escritos por su madre. Entonces salió al patio, entró en el garaje y extrajo una lata llena de gasolina que Bob y ella guardaban allí para casos de emergencia. Llevó las dos bolsas a una esquina del patio y las roció con gasolina. Cuando encendió las cerillas le pareció escuchar la voz de su madre ordenándole que lo hiciera.

16

María Isabel se sentó frente a las bolsas del manuscrito para verlas arder y sintió como si sus propias entrañas se consumieran en el fuego. Todo eso, pensó mirando las llamas, es pura fantasía. Mami se inventó esas patrañas, eso nunca sucedió. No puede ser. Lo hizo por divertirse; era extraña su madre. Ella creía haberla conocido y había estado engañada. Vivió toda su vida junto a ella sin conocerla, sin arañar siquiera el cristal inviolable de su interioridad. Las personas no se conocían unas a otras. Quizás la única verdad era el engaño. Nadie se acepta tal cual es. Nos mentimos a nosotros mismos y mentimos a los otros para poder soportar nuestra insignificancia. La experiencia de vivir era intransferible; cada persona era un mundo cerrado, inasequible, inviolable. Sonia Sabater, su madre, ¿quién había sido realmente? No sabía y ahora nunca sabría. Tenía imaginación, eso sí que era indudable, y amaba a sus hijos... Eso había creído percibir.

—Mami, Mami... —dijo María Isabel muy suavemente, y sintió un deseo incontrolable de cubrirse con aquellas cenizas, de embarrarse la cara y el cuerpo con ellas, de comérselas y mascarlas y tragarlas y metérselas dentro de su vientre y de su piel para que fueran parte inseparable de ella.

Iba a meter las manos en las cenizas todavía calientes cuando unas manos de hombre la detuvieron. Bob agarró sus dos manos y la abrazó por la espalda y ella se recostó en el blando consuelo que le era ofrecido.

—Mi amor, ¿qué haces? Te vas a quemar las manos.

La voz de Bob era como agua al sediento en un mediodía del agosto puertorriqueño. María Isabel sólo pudo dejarse abrazar y Bob la envolvió en sus brazos fuertes y la cubrió con su pecho.

—Ven adentro, te vas a acatarrar —dijo Bob al cabo de algunos minutos. En octubre oscurecía temprano y el frío se metía por la ropa hasta herir la piel.

—Cuchillos de hielo... —dijo María Isabel. Y pensó en el manuscrito.

Pero no quería entrar. Bob insistía y ella se resistió; hacía gestos negativos con la cabeza y señalaba con el índice de su mano derecha el montón de cenizas que el viento otoñal comenzaba a mezclar con hojas secas y a esparcir sobre la grama y la arena del camino. Bob entonces agarró su cara con ambas manos y la miró fijamente a los ojos.

—¿Quemaste el manuscrito de tu madre? —preguntó preocupado.

María Isabel cerró los ojos, apretó los labios y asintió con la cabeza.

—¿Pero por qué, por qué lo hiciste?

Trató de responder y las palabras no salían. Era en verdad como si los ratones le hubieran comido la lengua. Bob le acarició el cabello y la espalda, le besó la frente y la abrazó con firmeza y suavidad a la vez.

—Era todo mentira —dijo ella finalmente.

Bob sonrió y la abrazó de nuevo.

—Bueno, eso depende. También las mentiras que nos inventamos dicen algo sobre nosotros, ¿no es así? —comentó.

Ella empezó a temblar. El frío arreciaba pero no se reconciliaba con la idea de entrar a la casa, quería tocar lo que quedaba de las cenizas, necesitaba ese conocimiento, el contacto físico de sus manos y aquello que muy pronto desaparecería con el viento, aquello que la noche iba a tragarse. Se separó, tranquila de repente, de los brazos amados, y dijo:

—Déjame, Bob. Tengo que hacerlo. Déjame por favor. Ya deben estar frías.

Entonces se arrodilló frente a la mancha negra a un lado del garaje, frente a los zafacones de la basura, bajo el inmenso árbol de tulipanes que en la primavera se llenaba de flores, y hundió las manos en el polvo finísimo ya seco, frío y tibio, se lo metió en la boca, lo masticó y lo tragó, se frotó cada dedo, se metió las cenizas en las uñas, se quitó los zapatos y las medias nilón, caminó sobre aquel polvo del gris más negro posible, se abrió la blusa y se frotó los senos, se frotó la cintura y la espalda, se abrió la falda y se embadurnó el vientre. Sólo entonces, al sentir las cenizas cubrirla y penetrarla, accedió a subir al calor de la casa, a su luz, a los brazos del hombre que la consolaba, a su vida anterior que debía continuar.

Así cubierta de cenizas se abotonó la blusa, se subió la cremallera de la falda y entró en la biblioteca donde el cofre tallado de estrellas moriscas todavía estaba sobre el escritorio Luis XV, la cerradura de león de bronce abierta y la llave aún inserta en su boca. María Isabel pasó sus manos cenicientas sobre el exquisito labrado de la madera, suspiró y fue a sentarse frente a la chimenea de la sala. No le importó ensuciar las alfombras persas con sus mugrosos pies descalzos ni le importó el sabor a muerte, a pasado vencido y reencontrado que animaba su lengua y su garganta. Tampoco le importó empuercar el sofá color marfil donde se había sentado.

—Enciende los maderos, por favor —le indicó a Bob en voz muy baja, pues temblaba de pies a cabeza a pesar de la calefacción.

En el patio él había observado el ritual en silencio, respetando la necesidad de María Isabel como sólo el amor verdadero sabe hacerlo. La había seguido al interior de la casa y se había sentado junto a ella en el sofá marfileño, observando con detenimiento e interés cada gesto y cada mirada. Ahora se levantó y colocó varios troncos más sobre las cenizas de la chimenea y los encendió soplándolos con el artefacto que servía para eso. Quemar maderos auténticos era un lujo que valoraban; ya casi todas las casas tenían chimeneas de embuste, maderos plásticos iluminados por luces de neón que ambos encontraban horrendos. En esos y otros menesteres, ellos preferían la tradición.

Al encenderse bien los maderos, Bob volvió a sentarse junto a María Isabel. Entonces ella preguntó, mirando los pajaritos azules y los arabescos rojos tejidos en el borde de la alfombra:

—¿Quién soy yo, Bob? ¿Acaso tú lo sabes?

—Eres mi esposa.

—Eso no es suficiente. Cualquier mujer puede ser tu esposa.

—Eres doctora en medicina. Eres inteligente. Te gusta el sexo. Amo tu cuerpo, lo disfruto.

María Isabel tuvo que sonreír. Era listo su Bob. Lo pensó y se lo dijo.

—Eres listo. Eres un hombre práctico. No te gustan los embelecos y las musarañas.

—A ti tampoco te gustan.

—Tienes razón.

Dijo eso y luego se quedó ensimismada. Las líneas del manuscrito de su madre, escritas a mano con tinta azul, desfilaban una tras otra por la pantalla de su memoria. *Miguel Enríquez llegó a ser el hombre más acaudalado de Puerto Rico...*

—Miguel Enríquez era un corsario en el siglo XVIII...

Bob se asustó un poco.

—¿Qué dices?

—Lo que oyes. Era un corsario puertorriqueño. Mami escribe sobre él. Eso no se lo inventó porque yo lo he leído en un libro de historia, un libro escrito en el siglo pasado por Fernando Picó, un cura jesuita que era historiador.

—Sé muy poco de historia. Y de historia de Puerto Rico menos aún. Pero me gusta, no creas. Tú sabes que me gusta.

—A Mami también le gustaba.

—Tu madre siempre me pareció una mujer extraordinaria. Aunque la conocí poco.

María Isabel se echó a reír, pero era una risa amarga.

—Yo también la conocí poco —dijo.

Bob tomó sus manos entre las suyas.

—Déjame calentarte.

María Isabel cerró los ojos por algunos instantes, seducida brevemente por el calor de aquellas manos de hombre. Entonces preguntó algo que no estaba segura si quería preguntar.

—¿Y Papi? ¿Cómo era Papi?

—¿Don Felipe?

Bob se paró y caminó hasta la chimenea. Removió los maderos con una vara de bronce para asegurarse que ardían bien. Se notaba un poco incómodo.

—¿Por qué me preguntas por don Felipe?

María Isabel se arrepintió de haber preguntado, pero supo que no podía retirar la pregunta.

—No lo sé. De pronto me doy cuenta que sé muy poco de su vida. Después de morir Mami, vivió diez años más, solito en la casa de Miramar. No quería que nos viniéramos a vivir a Connecticut, pero tú querías montar tu propia compañía constructora. Yo sí quería venirme. Nunca me he arrepentido. He sido feliz aquí contigo, en esta casa.

Bob se sentó de nuevo junto a ella y la abrazó. Se besaron en la boca a pesar de los labios cenicientos de María Isabel.

—Sabes a humo, a vida consumida, a...

María Isabel volvió a besarlo.

—No digas disparates —le susurró mientras sus labios todavía se tocaban.

Bob entonces se separó un poco y comenzó:

—Quizás no debía decírtelo y quizás sí. Tienes derecho a saber la verdad. No iba a contártelo jamás, pero no sé por qué al hacerme esa pregunta me siento obligado a decir lo que sé.

María Isabel sintió un repentino terror, pero se repuso.

—Está bien, ya no importa —dijo fingiendo un valor que no poseía.

—Cuando conocí a don Felipe él ya tenía esa mujer...

—¿Ah?

Bob se asustó otra vez al ver el desconcierto pintado en el rostro de ella.

—¿Qué dices? ¿De qué estás hablando?— musitó.

—De la amante de tu padre, María Isabel. Don Felipe tuvo una corteja durante muchos, muchos años. Había sido secretaria en su corporación, y él le montó apartamento en el Condado, con vista a la laguna y al mar también, en un décimo piso. Le compraba ropa carísima y hasta viajó con ella dos o tres veces a Nueva York.

María Isabel cerró los ojos y se mordió los labios.

—Mami nunca lo supo.

—Él se preocupaba mucho de que ella no lo supiera. Era muy cuidadoso. Pero en las conversaciones entre hombres el tema asomaba de vez en cuando. Es difícil que un hombre no se jacte alguna vez frente a otros hombres. Nosotros somos así, mientras más mujeres tenemos, más machos nos sentimos. Entre amigos se establece un pacto de complicidad.

—Mami nunca lo supo —repitió María Isabel, y se miró las manos cenicientas, el traje puerco y las piernas ennegrecidas.

—Estaba en el entierro de tu padre. Era una mujer alta y rubia, de unos cuarenta años. Se mantuvo al margen. Fue muy discreta.

—No la recuerdo. Creo que he olvidado ese entierro.

—Ella fue su única compañía en los últimos años. Ya estaba viejito. Nosotros casi no íbamos a Puerto Rico.

—Así es —dijo María Isabel. Se puso de pie y se paró frente al espejo que colgaba sobre la chimenea.

—¡Que espanto! ¡Estoy horrible! —dijo al ver
se reflejada—. Debo bañarme, no me mires, Bob, qué
puerca estoy, una cochina de las peores. ¡No sé cómo
toleras mi presencia!

En medio de aquel pantano emocional, un repentino ataque de vanidad vino en su auxilio, y agarrando los zapatos y las medias que había tirado en el
piso echó a correr hacia las escaleras y subió los pel-
daños en un abrir y cerrar de ojos. Bob le dejó un
espacio razonable de tiempo y soledad y cuando al
fin subió la encontró en la bañera, lavándose el cabello y rodeada de grandes burbujas de jabón.

—Mi amor —dijo él mientras acariciaba los pezones que asomaban sobre el agua—, ¿te invito a cenar a un restorán italiano?

Ella asintió y al rato salieron de la casa abrazados, se montaron en el Buick azulmarino de Bob y se
trasladaron a un centro comercial de bóvedas de cristal, donde cenaron pastas frescas aderezadas con salsas aromáticas.

Esa noche, al acostarse junto a Bob en la cama
que habían compartido durante treinta años, María
Isabel comprendió que la vida ya le era imposible sin
aquel hombre a su lado. Si alguna vez se ausentaba
por razones de negocios el vacío de su ausencia le era
tan doloroso que pasaba horas viendo televisión o
rogaba a su hija y al marido que vinieran a quedarse
con ella. Lo más que la ayudaba era la presencia del
nieto; aquel pimpollo pedacito de cielo sí que la tenía
culeca. Pero Bob ya era, en verdad, la mitad de su cuerpo y la mitad de su alma. Nunca se había arrepentido
de haberse casado con él. Su madre tuvo razón: "Ese
hombre sí que te conviene." Héctor fue un espejismo.
Lo había amado con locura, pero al morir su madre
tuvo necesidad de protección y estabilidad. Bob le había
hecho posible criar bien a sus hijos. Ni siquiera sentía
animosidad hacia Andrés; otro hombre padecería de
celos y la atormentaría con sospechas y majaderías
de todo tipo. Bob no. Había tenido sus decepciones
amorosas antes de conocerla y ya era un hombre curti-

do por el dolor y la experiencia, con una madurez envidiable.

María Isabel pensaba todas esas cosas al irse resbalando por los bordes del mundo hacia el sueño. Entonces soñó que caminaba por la Avenida de Palmas Reales frente a la torre de la Universidad de Puerto Rico en Río Piedras. Era un día lluvioso y una densa neblina flotaba sobre la vegetación y se resbalaba entre los troncos y las hojas. Al fondo, la torre se divisaba apenas y las agujas del reloj eran ilegibles. No había persona alguna ni en el camino ni en las escaleras; no había automóviles tampoco. Aunque era día de semana, el lugar estaba desierto. Entró al primer piso de la torre y caminó hacia el edificio de Humanidades. Hilachas de neblina penetraban por los pasillos. Los pisos, que brillaban como espejos, reproducían sus sombras. Comenzó a llamar: ¡Mami! ¡Mami! y el eco de los pasillos solitarios reprodujo su grito miles de veces. Se asomó al Seminario de Estudios Hispánicos y estaba oscuro y abandonado. Subió las escaleras hasta el segundo piso y se asomó al Departamento de Historia y estaba igualmente abandonado. Entonces corrió escaleras abajo porque desde el balcón le pareció ver a alguien caminando frente al edificio de Ciencias Naturales. Estaba tan ofuscada que no se fijó en un charco de agua y resbaló, se le torció el tobillo y rodó por los escalones. Al incorporarse le dolía el brazo izquierdo y comprobó que se había raspado el antebrazo.

Sobresaltada, María Isabel abrió los ojos. A su lado Bob dormía pacíficamente y se pegó más a él para fundirse con su respiración. Trató de volverse a dormir cuando de pronto el antebrazo izquierdo le ardió al rozar las sábanas. Extrañada, María Isabel se viró del otro lado, pero el inesperado ardor regresó. Entonces se palpó el antebrazo con la mano derecha y sintió la piel levantada y resentida, como habían sido los raspazos de su infancia. Sin hacer ruido se escurrió hasta el borde de la cama, metió ambos pies en las chinelas y caminó hasta el baño. Cerró la puerta y encendió la luz. Efectivamente, su antebrazo izquierdo tenía un raspazo bastante feo entre la muñeca y el codo. Debajo de la piel levantada asomaban puntos de sangre. Por reflejo automático buscó en los gabinetes una botella de alcohol y una mota de algodón, la mojó en el alcohol y la aplicó sobre la herida para desinfectarla.

El ardor fue tan fuerte que terminó de despertarse. Con los ojos bien abiertos se miró en el espejo y se vio como siempre: una mujer de sesenta y dos años muy bien conservada, con líneas a ambos lados de la boca y las mejillas algo flácidas, pero sin arrugas y con un cutis que podría ser la envidia de una veinteañera. Volvió a contemplar la herida en su antebrazo y no pudo, o no quiso, intentar una explicación. Lo único que deseaba en aquel momento era volver a leer el manuscrito de su madre. Pero ya no existía, ella misma lo había quemado aquella tarde y luego había restregado las cenizas sobre su propia piel. Había sido una cobardía quemarlo, pensó. Había destruido algo que de repente le resultaba imprescindible.

Entonces se decidió. Bajó al primer piso, encendió las luces y entró en la biblioteca. Tomó una libreta tamaño legal de las que solía tener nuevecitas y disponibles en un armario y se sentó frente al escritorio Luis XV. Echó a un lado el cofre de estrellas moriscas y con una pluma de tinta azul escribió: "En el año 2025, la casa de los Gómez Sabater en el área de Miramar en Santurce, y que había permanecido abandonada por más de una década..."

El manuscrito de Miramar terminó de imprimirse en
febrero de 1999, en Gráficas La Prensa, S.A. de C.V.
Prolongación de Pino Núm. 577, Col. Arenal, 02980,
México, D. F. Cuidado de la edición: Gabriela Martin,
Elsa Torres y Freja I. Cervantes.